당신의 간을
배달하기 위하여

사□계절

차례

깊고 푸른
박애진

"사람은 약게 살아야 해."

아빠가 왼쪽 눈을 빼서 접시 위에 놓으며 말했다. 이어 왼쪽 눈을 분해해, 내 평범한 눈으로는 일일이 구분하기 어려운 미세한 부품까지 모두 세심하게 닦고 상태를 살폈다. 그 다음에는 왼쪽 눈을 끼고 오른쪽 눈을 뺀 뒤 같은 작업을 반복했다. 아빠가 매일 아침 하는 일로 나는 매번 옆에서 전 과정을 지켜봐야 했다. 언젠가 내가 물려받을 눈이기 때문이었다. 눈을 점검할 때마다 아빠는 지치지도 않는지 앵무새처럼 똑같은 말을 되풀이했다.

"정직하게 사는 사람들은 다 바보야. 하지 말라면 하지 않고, 하라는 거 다 하면서는 절대 살아남지 못해. 요령껏 해,

알겠지?"

"응, 약삭빠르게, 머리를 굴리면서 살기!"

내가 대답하자 아빠가 기특하다는 듯 만면에 웃음을 지었다.

"세상은 험해. 요령을 피우려고 해도 자기만의 무기가 있어야 하지."

두 눈을 제자리에 끼운 아빠가 가까이에 있는 물건부터 먼 곳까지 면밀히 둘러보며 잘 보이는지 확인했다. 그러더니 만족스러운 얼굴로 검지와 중지로 자기 눈을 가리켰다.

"아빠의 무기는 바로 이 눈이야."

아빠는 날 때부터 시력이 나빴다. 조금 전 끼운 눈은 할머니가 인당수 아래에 있는 광산에서 찾아온 것이다. 할머니가 젊었을 때만 해도 누구나 허가증만 구입하면 수집가로서 인당수 광산에 드나들 수 있었다고 했다. 인당수 광산은 대폭발 이전에 만들어진 곳으로 지금은 쓰임새를 알 수 없는 수많은 기계 부품들이 있었다.

수집가의 일은 위험했다. 인당수 광산은 불안정해 언제 무너질지 몰랐다. 사람들이 부품을 캘수록 점점 더 위태로워졌다. 그래도 많은 수집가들이 자기와 가족이 쓰거나 정부 고위들에게 팔 좋은 부품을 찾아 산소통을 메고 광산으로 내려갔다. 수집가는 광산에서 캐 온 부품을 기술자에게 팔았고, 기술자는 그걸 이용해 다양한 생활용품, 다친 몸을 대신할 팔과 다리 따위를 제작했다.

수집가이자 기술자였던 할머니는 평생 만능열쇠를 찾았다. 만능열쇠는 광산 가장 깊은 곳에 있다는 전설의 열쇠로, 그 열쇠만 있으면 세상 만물을 조종할 수 있다고 했다.

할머니가 슬슬 허리가 아프고 눈이 침침해지기 시작한다고 느낄 무렵부터 허가증을 갱신하는 기준은 깐깐해지고 새 허가증 발급은 어려워졌다. 상황이 심상치 않게 돌아간다 싶자 할머니는 위험을 무릅쓰고 이제껏 가본 적 없는 광산 깊은 곳으로 들어갔다. 비록 만능열쇠는 찾지 못했지만 수집가들이 쓰는 말로 잭팟을 터뜨렸다. 거의 완성품에 가까운 눈을 찾은 것이다. 할머니는 몇 날 며칠을 매달려 그 눈을 실제로 쓸 수 있게 만들었다. 그리고 흐릿해져가던 자기 눈을 그 눈과 교체했다.

"이건 정말 대단한 눈이야. 언젠가 너도 껴보면 알 거다."

자기가 찾은 눈인 양 아빠의 어깨에 힘이 들어갔다.

아빠는 할머니가 찾은 눈은 희미한 불빛 하나까지도 모조리 빨아들여 세상을 환하게 볼 수 있게 해준다고 설명했다. 손 기술에 시력이 더해지자 할머니가 만든 부품은 날개 돋친 듯 팔려나갔다고 했다.

"날개가 뭐야?"

내가 물었다. 아빠는 히죽 웃었다.

"너도 나랑 똑같은 질문을 하네."

할머니도 몰랐고, 아빠도 모른다는 소리였다.

눈을 찾고 몇 년 뒤 할머니는 산소병으로 죽었다. 광산에 너무 오래 있거나 자주 내려간 사람들이 걸리는 병이었다. 아빠는 할머니가 산소병이 아니었더라도 어차피 오래 살지 못했을 거라고, 그래도 눈을 찾았다는 사실에 몹시 기뻐했다고 말했다.

아빠는 할머니의 장례를 치르는 내내 울었다고 했다. 물론 진짜 운 건 아니고 그런 기분이었다는 말이다. 할머니에게 물려받은 눈에는 눈물샘이 없었다.

"왜 우는 기분이었어? 할머니가 죽은 게 슬퍼서?"

"뭔 소리야? 죽은 사람 생각을 왜 해? 이기적으로 살랬지? 아빠는 새 눈이 생긴 게 기뻐서 울었어. 할머니가 죽을 무렵에는 눈앞에 있는 손가락도 구분하기 어려울 지경이었거든. 아프면 얼른 죽고 얼른 물려줘야 하는 거야."

자기 손가락도 알아보기 힘들었던 아빠는 물려받은 눈을 끼운 뒤 지문의 미세한 선까지 한 줄 한 줄 셀 수 있을 만큼 또렷이 보인다는 사실에 전율했다. 보통 사람을 월등히 뛰어넘는 시력을 갖게 된 것이다.

"울 수가 없어서 대신 덩실덩실 춤을 췄지."

"난 그 눈 언제 물려받아?"

"아빠는 언제 죽을 거냐, 이 말이냐? 윤석아, 아직 하아안 참 멀었다."

새 눈이 생긴 아빠는 할머니의 뒤를 이어 기술자가 되었다. 그리고 할머니가 만든 부품이 날개가 두 개 돋친 수준으로 팔렸다면 아빠의 부품은 네 개가 돋친 듯 팔렸다고 했다. 날개라는 건 짝수로 돋는 건지 묻자 아빠는 다섯 개가 돋친 듯 팔렸다고 냉큼 말을 바꿨다.

좋은 시절은 오래가지 않았다. 정부 고위는 가뭄에 콩 나듯 내주던 허가증을 아예 없애버리더니 이전에 내줬던 허가증마저 압수하고 자기들이 엄선한 사람만 광산에 내려보냈다. 그들이 가져온 부품은 우리 같은 보통 사람들에게는 오지 않았다. 더 이상 새로 추가되는 부품은 없었다. 전에는 몸에 있는 부품에 문제가 생기면 교체하면 그만이었지만 이제는 어떻게든 고치며 살아야 했다.

그래서 아빠는 요령을 부렸다. 아빠가 말하는 요령은 사람들이 팔, 다리, 손가락 따위 부품을 고쳐달라고 가져오면 중요한 부분, 즉 고치지 않으면 작동되지 않는 필수적인 부분만 고쳐서 넘긴다는 뜻이었다. 다 같은 마을 사람인 손님들이 아빠의 손을 잡고 거듭해서 고맙다고 인사할 때면 아빠는 나를 향해 몰래 눈을 찡긋했다. 나도 손님인 옆집 아저씨, 아줌마 등등이 못 보게 비밀을 공유하는 자의 웃음을 지었다.

“사람들은 일단 작동이 되면 만족하거든. 그러다 고장 나면 또 가져오니 일석이조지. 중요한 게 뭐다?”

“요령!”

“그래, 힘들다고 우는소리 하는 사람들 다 돕다가는 내 삶이 남아나질 못해. 사람들은 자기 잇속을 챙기는 사람을 비열하니, 악랄하니 욕하는데 그거야말로 세상에서 가장 한심한 짓이지. 자기가 악랄한 사람이 되어야 하는 거야. 알겠니?”

“누가 위험한 상황에 처하면?”

“못 본 척해.”

“응!”

정부 고위 밑에서 일하는 권인들이 아빠의 머리에 권총을 겨눴을 때도 아빠는 같은 말을 했다. 빵떡 할머니가 나를 붙들었지만 그쯤은 쉽게 빠져나갈 수 있었다.

“아빠를 놔줘요!”

내가 권인들에게 달려들려고 하자 아빠가 고함쳤다.

“내가 뭐라고 가르쳤지?”

날 때부터 16년간 귀에 못이 박히도록 들어온 말이었다. 아빠와 나만 아는 언어, 우리를 세상 그 누구보다 단단히 묶어주었던 줄이 끊겨 땅으로 떨어지며 넘을 수 없는 금을 만들었다.

"요령껏 살라고."

"그리고 또 뭐랬지?"

"못 본 척하라고……."

정부 고위의 기술자가 아빠 앞에 섰다. 커다란 눈경을 쓰고, 안으로 만 단발머리에 자주색 옷을 입은 여자였다. 아빠가 무릎을 꿇었다. 기술자가 아빠의 눈에 드라이버를 가져다 댔다. 살살해! 그게 어떤 눈인데? 나는 그렇게 소리치지 않았다. 이제껏 배운 대로, 아빠가 시킨 대로, 아빠에게 눈물까지 글썽이며 생명의 은인 운운했던 마을 사람들이 지금 그러고 있듯 남 일처럼 구경만 했다.

"이거 기가 막힌 눈이네. 광수집 기술은 전설로만 들었는데……. 직접 만든 건 아니랬지?"

단발머리 기술자가 눈경 가까이 아빠의 눈을 가져다 대고 살피며 물었다.

"예예, 그냥 물려받았을 뿐입니다."

아빠는 목소리가 들리는 방향으로 머리를 조아렸다.

"한 쌍뿐이니 선불리 해부할 수도 없고……."

기술자는 아깝다는 듯 혀를 차더니 권인들을 데리고 사라졌다.

"아빠!"

나는 아빠에게 달려갔다.

"청아!"

아빠가 눈 대신 손으로 내 어깨를 더듬어서 끌어안았다. 그 몸짓에 심장이 찢겨나가는 것 같았다.

"얌전히 있었어?"

"응."

"잘했다."

눈이 있던 자리에 시커먼 구멍 두 개가 뚫린 얼굴로 아빠는 환하게 웃었다.

빵떡 할머니가 저녁마다 찾아와 아빠를 살폈다. 다른 사람들도 구경만 했다는 죄책감으로 자주 들렀지만 오래가지 않을 것이다. 나라도 그랬을 테니까. 자기 몸 하나 건사하기도 힘든 세상에서 남을 어떻게 챙긴단 말인가.

"염려 마라. 산 입에 거미줄 치겠니."

빵떡 할머니가 팔고 남은 빵떡을 가져다주며 위로했다.

"감사합니다. 어, 음……."

나는 빵떡 이름을 더듬었다. 이렇게 크고 둥근 빵떡은…….

"모가빵이다. 도대체가 요즘 젊은 애들은 제대로 아는 게 없어. 군인을 권인이라 하질 않나, 잭박이니 뭐니 정체불명의 말을 만들어 쓰질 않나."

"근데 정말 모가빵이에요? 전에 온 손님이 모카빵이라고……."

"모가빵이야!"

빵떡 할머니는 내가 마치 불을 물이라고 말하기라도 했다는 듯 고함쳤다.

"네네."

잘못 건드렸다. 빵떡 할머니는 툭하면 원래 이름은 그게 아니라고, 제대로 말하라고 잔소리를 쏟아부었다. 하지만 노인들 간에도 정확한 명칭을 두고 언쟁이 일고는 했다. 대폭발 이전의 지식을 제대로 가지고 있는 사람은 어차피 아무도 없는데, 뭐라고 부르든 뭐가 어떻단 거지? 나로서는 도무지 이해할 수 없는 노릇이지만 빵떡 할머니 가게에서는 절대 빵떡을 사러 왔다고 말하면 안 되었다. 꼭 그루상, 모가빵, 무지개떡, 꿀떡을 사러 왔다고 정확하게 말해야 했다. 모양만 다르고 맛은 다 똑같은데도 말이다. 원료는 저가 합성탄수화물로, 싼 대신 그냥 먹기에는 역했다. 사람들이 저가 합성 탄수화물을 가져오면 빵떡 할머니가 거기에 할머니의 할머니의 할머니 대부터 내려온다는 효모를 섞어 발효를 시켰다. 발효를 하면 부피가 커지고 맛도 좋아졌다. 할머니는 부풀어 오른 만큼 자기가 가져가서 팔았다.

"우리 엄마는 정말로 다양한 맛의 빵과 떡을 만들었지. 광산 사고 이전에는 인공조명이 달린 거대한 바이닐 집이 있었거든. 거기서 진짜 채소와 쌀, 밀이 자랐어."

말끝에 바싹 마른 풀처럼 버석거리는 한숨이 나왔다. 할머니도 자기 빵과 떡이 다 같은 맛이라는 건 아는 모양이었다. 다행이랄지, 알면서도 우겨대니 영문 모를 일이랄지…….

빵떡 할머니만이 아니라 어른들 모두 예전에는 훨씬 살기 좋았다고 입을 모았다. 단백질 공장에서는 양질의 단백질이 생산되었고, 공장 직원들은 일주일에 두 번만 야간 근무를 하면 바이타민과 무기질 따위도 식구 수대로 살 수 있었다. 거리 양쪽에 서 있는 가지마다 두 개씩 가지등을 밝혀서 직원들이 출퇴근길에 넘어져 다치는 사고도 없었다. 아이들은 부모님이 일하러 가면 가지등 아래 모여 뛰어놀았다.

지금은 모두 날마다 야근을 해야만 입에 풀칠이나마 할 수 있다. 아이들은 온종일 집에서 자가발전기 앞에 앉아 팔이 떨어지도록 손잡이를 돌려 축전기를 충전했다. 그래도 출퇴근길에 부모님이 쓸 랜턴을 충전하고, 음식을 할 전기를 마련하기 빠듯했다. 나가 노는 건 엄두도 내지 못할 일이었다.

마을 사람들은 그게 다 30년 전 인당수 광산에서 일어난 사고 탓이라고 했다. 광산 일부가 폭발하며 인당수 물이 까마득한 높이로 솟아올랐던 것이다.

"진짜 하늘이 무너지는 줄 알았어. 난생 처음 비를 봤지."

"비가 뭐예요?"

"하늘 뚜껑에 부딪쳤던 물이 아래로 쏟아지는 거야. 뚜껑을 이루는 부품들도 충격으로 떨어져서 인당수 부근에 있던 집들이 박살 났었어. 뚜껑마저 깨졌으면 큰일 날 뻔했지."

나는 하늘을 보았다. 아무것도 보이지 않는 어둠뿐이지만 하늘을 덮고 있는 거대한 뚜껑이 있다는 건 알고 있었다.

"대폭발 이전에는 하늘에 뚜껑이 없었대. 그때는 비가 자주 내렸다더라."

"그럼 집이 다 물에 젖을 텐데요?"

"그 시절에는 다들 뚜껑으로 집을 덮었다더구나. 정부 고위들이 그러듯이."

"지금은 비도 안 오는데 정부 고위들은 왜 집에 뚜껑을 단대요?"

"낸들 아냐. 암튼 그 난리에 바이닐 집도 부서진 거야. 대폭발 이전에 만들어진 걸 그대로 쓰던 거라 다시 만들 수 있는 사람이 아무도 없어. 아이고, 벌써 시간이 이렇게 됐네."

빵떡 할머니는 무릎을 짚고 일어서며 끙 앓는 소리를 냈다.

비로 인해 공장도 파손되었다. 사람들은 쏟아지는 비와

파편을 맞으며 공장에 뚜껑을 만들었다. 미끄러운 곳에서 작업하느라 많은 사람들이 다쳤다. 정부 고위들은 누군가 불법으로 광산에 침입해 이익을 독식하려다 일어난 사고라고 주장했다. 그들은 매일 마을로 내려와서 위기 상황일수록 이기적으로 굴지 말고 힘을 합쳐야 한다고 설파했다.

"이기적으로 구는 게 누군데, 썩을 놈들. 정부 고위? 누가 그따위 이름을 지었는지……."

아빠는 정부 고위에 대해 말한 뒤에는 꼭 침을 뱉었다. 정부 고위는 '정성으로 부양하며 고통을 위로하는 이'들의 줄임말이었다.

정부 고위들이 사는 산 위의 VID 구역은 사고 이후에도 변하지 않았다. 길을 따라 빼곡하게 세워 둔 가지등은 사람들이 잠든 시각에도 꺼지는 법이 없었고, 집 안에 설치한 전등으로 인해 항시 어두운 이 세상에서 언제나 밤하늘의 별빛처럼 반짝여서 어디서든 눈에 띄었다. 밤하늘이라거나 별빛이 뭔지 아는 사람은 아무도 없지만 다들 그렇게 말했다. 그중에서도 백미는 특고위의 집으로, 산꼭대기에서 거대한 광원처럼 휘황찬란하게 빛났다.

VID 구역 사람들은 고급 단백질, 지방, 탄수화물, 바이타민, 무기질을 먹었다. 심지어 진짜 같은 오렌지 주스와 포도향이 나는 술을 마신다고 했다. 나는 평생 합성 바이타민과 무기질만 먹고 살아서 진짜 같은 오렌지 주스라는 게 무슨 맛인지 모른다. 아빠에게 오렌지가 뭔지 물으니 좋았던 시절에 생일이면 한 번씩 마셨다는, 질문에서 비켜나는 소리를 했다. 나는 종종 어른들은 왜 몰라도 모른다는 말을 하지 않는지 궁금했다.

"할머니는 항상 딱 반 잔씩만 사왔어. 많이 마시면 속 쓰리다고. 마시면 아랫배가 약간 아리기는 했지만 배탈이 나도 좋으니 한 잔을 채워 마시는 게 소원이었지."

아빠의 눈빛이 아련해졌다.

어른들은 사고가 일어난 진짜 이유는 정부 고위들이 만능열쇠를 찾아 광산 깊은 곳에 들어간 탓이라고 했다. 그래놓고 수집가들을 탓하며 광산 출입을 막았다. 수집가가 없으니 기술자들도 기술을 발전시킬 부품이 없었다. 어른들은 기술이 퇴보한다고 걱정했다.

조금이라도 나아지려면 사람들에게 다시 허가증을 내줘야 하는데, 정부 고위는 기술이 퇴보할수록 기술을 독식하려 들었다. 기술자 관리라는 이름으로 새 기술을 만들 때마다 세금을 더 걷는 식으로 말이다. 그래서 기술자가 되려는 사람이 줄어들었다.

기술자가 줄어드니 소소한 고장이 잦아졌다. 정부 고위들은 공짜로 고쳐주면 사람들이 게을러진다며 단백질 공장 수

리비, 가지등 교체비와 유지비, 길거리 정화비 따위의 명목으로 세금 목록을 늘렸다.

마을 사람들은 대부분 단백질 공장에서 일했다. 똑같은 시간을 일해도 세금이 늘어 상대적으로 월급이 주는 반면 단백질 값은 달마다 올랐다. 사람들이 항의하자 공장 유지비를 절감한다며 청소부를 해고했다. 단백질 값은 내렸는데 양도 줄었다.

청소부가 사라지니 공장이 더러워졌다. 단백질 공장에서 만드는 단백질은 직원들과 그들의 가족이 먹는 음식이기도 했다. 직원들은 조를 짜서 돌아가며 공장을 청소하기 시작했다. 일하는 시간은 늘었는데 밥상은 갈수록 초라해졌다.

정부 고위는 VID 구역으로 들어가는 고급 단백질 라인만 청소부를 해고하지 않았다. 하지만 직원, 청소부 모두 임금이 깎였다. 그래도 사람들은 필사적으로 일했다. 관리 상태가 부실하거나 양질의 단백질을 만들지 못하면 잘렸다. VID 라인에서 일하는 사람들은 자기들은 평생 맛도 보지 못할 고급 단백질을 만드느라 허리가 휘고 머리가 하얗게 셌다. 출근할 때마다 손톱을 검사해 늘 손을 깨끗하게 씻어야 하는데, 거기에 드는 물값도 만만치 않았다.

그래도 항의할 방법이 없었다. 정부 고위들에게는 총이 있었다. 정부 고위를 호위하는 권인이 되는 건 아이들의 가장 큰 꿈이었다. 권인이 되면 영양소 부족에 시달리지 않았고, 부품 교체도 훨씬 싼 가격에 할 수 있었다.

아빠는 자가발전기에 바퀴를 붙이고 바퀴 양쪽에 '패달'이라는 걸 달았다. 못된 놈들을 발로 패듯이 달리라는 뜻으로 지은 이름이었다. 발로 돌리자 적은 힘으로 훨씬 많은 전기를 만들 수 있었다. 사람들은 아빠가 할머니 못지않은 기술자라 칭송했다. 모처럼 단백질, 바이타민, 무기질이 부엌 찬장을 채웠다. 간간이 길에서 아이들이 뛰어노는 소리도 들렸다.

지지난주에 특고위가 아빠에게 사람을 보내 향후 10년 동안 무료로 단백질과 탄수화물을 제공할 테니 눈을 팔라고 했다. 아빠는 거절했다. 그다음 주에 새로 온 사람은 15년으로 기간을 늘리고 더해 바이타민과 무기질도 추가로 주겠다고 제안했다. 아빠는 이번에도 팔지 않겠다고 대답했다. 언젠가 내게 물려줄 눈이었다. 그 눈과 아빠의 기술을 전수받으면 나는 평생 먹고살 수 있었다. 10년, 15년에 비할 바가 아니었다.

게다가 특고위든 누구든 정부 고위가 하는 말은 믿어서는 안 되었다. 중간에 말을 바꾸면 어쩔 것인가. 이전에도 정부 고위의 약속을 믿고 광산에서 말 그대로 목숨을 걸고 구한 부품을 넘긴 사람이 있었다. 채 1년이 지나지 않아 단백질 공상의 담당자가 바뀌었다. 새 담당자는 자기는 모르는 일이라며 단백질을 내주지 않았다. 이전 담당자는 허위 약속을 남발해 처벌을 받았다는 말 뿐, 어디 있는지 찾을 도리가 없었다.

아빠가 두 번이나 거절하자 특고위가 단발머리 기술자와 권인들을 보냈다. 기술자는 아빠가 자가발전기를 불법으로 개조했다며 벌금으로 단백질 300상자를 물어야 한다고 말했다. 아빠가 이미 패달에 대한 세금을 냈는데도 말이다.

한 상자에 단백질 3천 개가 들어간다. 단백질 3천 개면 4인 가족이 3년을 먹을 양이다. 우리에게 그만한 단백질이 있을 리 없었다. 특고위도 알고 기술자를 보낸 것이었다. 기술자는 예정된 일처럼 단백질 대신 아빠 눈을 가져갔다.

나는 할머니가 주고 간 모가빵을 자르고 단백질도 꺼내 그릇에 담았다.

"아빠, 밥 먹자."

아빠는 임시방편으로 손과 다리에 사물감지기를 달았다. 가까운 거리에 장애물이 있으면 진동으로 알려줬다. 하지만 전기를 많이 먹고 당연히 보통 눈보다도 못했다.

우리 집은 온 사방에 철제 찬장을 놓아 지그재그로 움직여야 했다. 아빠는 사물감지기와 기억에 의지해 미로 같은 집 안을 돌아다녔다.

가게는 내가 운영했다. 그간 아빠의 어깨너머로 배워온 게 꽤 쏠쏠했다. 물론 아빠만은 못했다. 아빠는 최소한의 부품으로 꼭 필요한 만큼 움직이게 고칠 수 있었다. 나는 아빠보다 더 많은 부품과 시간을 써야 했다. 그래도 차츰 나아지는 게 느껴졌다.

"넌 껴보지도 못했네."

아빠가 침울하게 단백질을 씹었다.

"난 시력 좋아."

권인들이 아빠의 머리에 총을 겨누었다. 눈만 가져간 게 어딘데. 이 말은 퍽퍽한 모가빵과 함께 입속으로 삼켰다.

얼마 뒤 단발머리 기술자가 우리 마을에 부품 수리 가게를 열었다. 그리고 싼값으로 사람들을 꾀었다. 모두 아빠 가게가 문을 닫고 나면 그 기술자가 가격을 올리리라는 걸 알고 있었다. 안다 한들 어쩔 것인가. 우리 가게 앞에서 권인들이 서성이는데.

그러거나 말거나 우리 집에 오는 사람은 빵떡 할머니뿐이었다. 살날이 얼마 안 남은 사람은 무서운 게 없다나 뭐라나.

땅이 흔들렸다. 나는 찬장에서 먼 구석으로 가서 엎드렸다. 찬장에 묶어둔 이 빠진 톱니, 다양한 크기와 길이의 나사못, 못, 드라이버, 쇠줄, 두껍고 얇은 톱, 파이프 따위가 덜덜거리며 요란한 소리를 냈다. 이윽고 진동이 멎었다. 빵떡 할머니가 들어왔다.

"어디 다쳤어요?"

"아니야. 다행히 집에서 나가기 전이었어. 길에서 진동을 만났으면 큰일 날 뻔했지. 정부 고위 놈들, 도대체 광산에서 무슨 짓을 한 건지……. 손 좀 봐다오."

나는 할머니의 손목을 돌려 뽑아 손가락 관절에서 헐거워진 나사를 조이고 기름칠을 했다. 할머니는 손을 끼운 뒤 손가락을 움직이더니 흡족한 얼굴을 했다.

"아빠 솜씨를 고스란히 물려받았어. 싸면 뭐 해. 제대로 고치지를 못하는데. 이런 식으로 당한 마을이 한둘이 아니라더라. 자유 시장 원리에 따라 값이 싼 가게에 가는 게 당연한 거라나? 너 자유 시장 원리가 무슨 말인지 아니?"

"처음 들어요. 정부 고위들은 곰팡이 같아요. 자고 일어나면 거무죽죽한 말을 퍼뜨려요."

"나도 얼마 안 남았다. 정부 고위가 여기에 바리 빵집을 만든대."

하마터면 드라이버를 떨어뜨릴 뻔했다.

"윗마을에 빵집 주르를 만들어서 원래 있던 빵집이 문을 닫지 않았어요?"

"그러게나 말이다. 윗마을이나 다른 마을들은 그래도 우리보다는 형편이 나은 곳들이었어. 우리 마을처럼 작은 곳에 뭐 뜯어먹을 게 있다고 달려드는지……."

"정부 고위들이 만드는 빵집 이름에는 왜 다 바리나 주르가 들어가죠? 아랫마을에 만든 빵집은 바리와 빵집이었대요."

"원래 빵집에는 다 주르나 바리가 들어가야 하는 거야. 내 빵떡집도 주르의 빵떡집이잖니."

몰랐다.

할머니가 간 뒤 찬장을 열었다. 이제 단백질이 두 개밖에 남지 않았다. 바이타민과 무기질은 진즉에 떨어졌다. 나는 단백질과 할머니가 준 빵으로 상을 차렸다.

"빵떡 할머니 빵떡집이 주르의 빵떡집이라는 거 알고 있었어?"

"주르의 빵떡집이었어? 바리의 빵떡집이 아니고?"

"내일부터 공장에서 일하려고 해. 왜 빵집 이름에는 다 주르나 바리가 들어가는지 모르겠네."

아빠가 고개를 들었다. 나는 아빠의 눈구멍에 눈동자를 그린 구슬 두 개를 끼워주었다. 찡그려도, 웃어도 가짜인 게 너무나도 명확한 두 눈밖에 보이지 않았다. 그래서 아빠는 표정이 하나가 되었다.

"좋은 단백질 먹고 싶어. 무기질이랑 바이타민도."

표정 없는 아빠의 얼굴과 침묵에 눌려 그만 불필요한 말까지 튀어나와버렸다.

"먼저 잘게. 졸려."

"그놈들이 빵떡 할멈까지 건드린다냐? 새 빵집을 연대?"

"남 일이야, 그러거나 말거나 신경 끄고 자."

나는 들으라는 듯 발소리를 내며 내 방으로 갔다. 마을 사람들은 대부분 식구가 몇이든 한 칸짜리 집에서 살았다. 밤이면 옆으로 누워 칼잠을 자야 했다. 아빠와 내가 가림막이나마 쳐 각기 방을 두는 건 할머니와 아빠, 아빠의 눈 덕이었다. 이제는 내가 아빠를 돌봐야 할 때였다.

새벽 6시에 일어나 밖으로 나왔다. 오늘따라 가지등 불빛이 더 흐렸다. 불이 밝을 때면 30분이면 갈 거리를 한 시간이나 걸려서 가야 했다. 길 곳곳이 패어 있어 서둘러 걷다가는 넘어져 다치기 십상이었다.

아빠만이 아니라 마을 어른들이 아이들에게 입버릇처럼 하는 말이 '신체발부수지부모'라는 말이었다. 부모가 준 신체가 가장 싸게 먹히니 절대 다치게 하지 말고 귀하게 쓰라는 뜻이었다. 작은 상처라도 생기면 앞날이 고달파졌다. 운이 좋으면 바로 낫지만 그런 경우는 드물었다. 아빠는 공기 중에 눈에 보이지 않을 만큼 작은 승냥이 떼가 있는데, 그놈들이 피를 좋아해 상처만 보면 몰려든다고 했다. 그래서 조금만 다쳐도 상처가 커지고 열이 오르고 아픈 것이다. 상처가 걷잡을 수 없이 커지거나 크게 다치면 다친 부분을 잘라 내고 기계로 교체해야 했다. 기계는 비싸고 전기를 많이 썼다. 축전기가 떨어지면 공장에 가서 돈을 내고 충전해야 하는데 역시 비쌌다.

"청이도 공장에 가는구나."

동네 아주머니가 나직하게 혀를 찼다. 공장에 출근하는 다른 어른들도 안쓰러운 얼굴을 했다. 모두 날 어릴 때부터 봐온 사람들이었다. 엄마는 내가 세 살 무렵에 죽었다. 아빠는 아침이면 동네 아주머니들에게 돌아가며 날 맡기고 이런 저런 부품들을 고쳐주었다.

대폭발 이전에는 낮과 밤이라는 게 있었다고 했다. 하늘에서 광원이 빛나면 낮이었다. 사람들은 저절로 쏟아지는 빛을 받으며 일했다. 광원이 꺼지면 온 세상이 캄캄해졌다. 그럼 잤다.

"그런 광원이 마을마다 있었던 거야?"

내가 물었다.

"아니야. 딱 하나가 온 세상을 밝혔대."

아빠가 대답했다.

"그럼 엄청나게 컸겠네? 혹시 하늘 전체가 빛났던 건 아닐까? 거대한 전구 수천 개가 박혀 있던 거지."

"할머니가 광산에서 대폭발 이전 자료를 찾은 적이 있는

데, 주먹보다 작았대."

"뭐래?"

내가 실소를 터뜨리자 아빠도 따라 웃었다. 아빠가 웃자 더 크게 웃음이 나왔다. 주고받을수록 점점 커지는 화음처럼 우리는 한바탕 신나게 웃어젖혔다.

"할머니가 광산에 너무 오래 있다가 헛것을 보신 거지. 광산에는 절대 한 시간 이상 있으면 안 돼. 그 이상 있으면 머리가 이상해져."

"아유, 그새를 못 참고 또 잔소리는. 내가 광산에 내려갈 일이 어딨다고."

덧없는 추억에 잠긴 사이 공장에 도착했다. 침침한 조명 아래 보이는 공장 내부는 음식을 만들기보다는 관을 짜는 게 더 어울릴 것처럼 음산했다. 중앙 자리를 차지한 건 허리춤과 머리 높이로 놓인 직사각형 벨트 두 개였다. 위 벨트에서는 기계손 백여 개가 얻어맞은 사람들처럼 맥없이 팔을 내려뜨리고 있었고, 아래 벨트에서는 텅 빈 깡통들이 굶주린 입을 벌리고 있었다. 벨트 양쪽에 각 벨트를 돌리는 손잡이가 두 개씩 보였다. 벨트는 깨끗했지만 벽은 오래된 얼룩들로 지저분했고 바닥에는 버려진 부품들이 먼지를 뒤집어쓴 채 아무렇게나 널브러져 있어서 어수선했다.

힘이 센 아저씨 네 명이 손잡이를 잡자 다른 사람들이 벨트 앞에 다닥다닥 붙어 섰다. 나도 눈치껏 사이에 꼈다.

아저씨들이 손잡이를 돌렸다. 벨트가 움직이는 데 맞춰 단백질 덩어리가 기계손에서 깡통으로 떨어졌다. 사람들은 깡통 뚜껑을 닫아 밀봉한 뒤 벨트 중앙에 있는 상자로 던져 넣었다.

기계손은 군데군데 녹슬었고 겉면이 벗겨져 날카로웠다. 가끔 기계손이 벌어지지 않으면 손으로 벌려야 하는데 움직일 때 건드리면 손이 잘릴 위험이 있었다. 그래서 그때마다 벨트를 멈춰야 했다. 30분이 지났다. 아저씨들의 근육이 터질 것처럼 부풀고 온몸이 땀에 절었다. 물도 별로 못 마셨을 텐데 어디서 저렇게 땀이 흐르는지…….

"교대는 언제 해요?"

옆에 선 아주머니에게 물었다.

"한 시간에 한 번이야. 그 전에 교대하면 십장한테 매를 맞아."

아주머니가 대답했다.

"의자가 있으면 좋을 텐데……."

30분도 지나지 않았는데 다리와 허리, 어깨가 아파왔다. 왜 의자를 놔주지 않지? 적당한 높이의 의자에 앉아서 하면 다리도 안 아프고 그럼 일도 더 효율적으로 할 수 있을 것 같은데…….

겨우 교대 시간이 왔다. 다른 아저씨들이 가서 손잡이를 잡으려는 차에 십장이 들어왔다. 허리춤에서 권총집이 덜렁거렸다.

“잠시 자리를 비운다. 나 없다고 농땡이 피우느라 할당량을 채우지 못하면 급료는 없는 줄 알아!”

그는 으름장을 놓고 나갔다.

“정지!”

한 아주머니가 외쳤다. 기계손 여러 개가 연이어 말썽을 부린 것이었다. 아저씨들이 벨트를 멈췄다. 나는 허리춤에 찬 연장 가방에서 드라이버, 나사못, 기름통을 꺼냈다.

“고칠 시간 없어. 마감까지 할당량을 못 만들면 월급에서 깎여.”

한 아저씨가 만류했다.

“얘네 아까부터 상태가 안 좋았어요. 중간중간 멈추느니 지금 고치는 게 나아요. 저 좀 올려주세요.”

아저씨 한 명이 나를 목말 태웠다. 나는 기계손들을 살펴 헐거워진 부분은 조이고, 빽빽한 곳에는 기름칠을 했다.

아저씨들이 다시 손잡이를 돌렸다.

“청이 대단하네.”

내 옆에 선 아주머니가 칭찬했다. 중간에 멈추는 일이 줄자 현저하게 속도가 올랐다. 그다음부터는 기계손이 말썽을 부릴 때마다 가서 고쳤다. 마음 같아서는 전체를 다 점검하고 싶었지만…….

요령껏 해!

귓가에서 아빠 목소리가 쟁쟁 울렸다. 고친다고 공장에서 수고비를 줄 리도 만무하니 내 시간과 체력만 뺏겼다. 내가 가진 몇 안 되는 도구로 벨트 전체를 고치는 것도 무리였다.

손잡이를 돌리던 아저씨가 교대하고 잘게 떨리는 손으로 벨트 앞에 섰다.

"아저씨, 그러다 다치겠어요. 잠깐 쉬면 안 돼요?"

"안 돼. 십장이 자리 비운다는 거 열에 아홉은 거짓말이야. 갑자기 들이닥쳐서 쉬고 있는 걸 보면 때리거나 쫓아내."

아저씨가 큰일 난다는 듯 고개를 저었다.

"벨트 잠깐 멈춰요. 제가 손잡이를 좀 볼게요."

"그러다 십장이 오면 어쩌려고 그래?"

"맡겨나 봅시다. 청이가 발목을 고쳐줬는데 심 기술자 못지않아. 아까 기계손도 잠깐 만지니 멀쩡해졌잖아. 내가 망볼게요."

내 옆에 선 아주머니가 거들었다.

"까짓, 해봅시다!"

손잡이를 돌리던 아저씨들이 벨트를 멈췄다. 나는 손잡이를 살폈다.

"패달로 바꾸면 좋을 텐데……."

나는 공장을 뒤져 버려진 기계손, 떨어져 나간 톱니바퀴를 모았다. 그리고 기계손을 해체해 팔뼈로 기둥을, 손가락을 모아 손잡이를 만들었다. 톱니바퀴 양쪽에 손바닥으로 만든 패달을 달고 기둥을 이었다. 한 아저씨가 시험 삼아 패달을 밟자 벨트가 돌아갔다.

"세상에, 훨씬 편해!"

아저씨가 상기된 얼굴로 소리쳤다.

그 말에 다른 아저씨와 아주머니들이 나서서 쓸 만한 걸 찾아 공장을 뒤졌다. 덕분에 위 벨트를 돌리는 패달도 만들 수 있었다. 총 네 개가 필요한데 각기 하나씩밖에 만들지 못했다.

"벌써 시간을 많이 썼어. 다른 패달은 내일 만들자꾸나."

먼저 패달을 돌렸던 아저씨가 말했다.

"네, 톱니 날 조심하세요. 내일 집에서 도구를 가져와 모서리를 갈아볼게요."

내가 말했다.

이제 근무를 마치려면 두 시간 반밖에 남지 않았다. 모두 자리로 돌아갔다. 패달을 돌리는 아저씨와 손잡이를 쓰는 아저씨들이 속도를 맞추느라 잠시 버벅거렸지만 오래 함께 일해온지라 곧 호흡을 맞췄다. 패달을 밟는 아저씨가 힘을 많이 쓸 수 있어 벨트가 더 빨리 돌아갔다.

"다들 힘내봅시다! 할당량의 10퍼센트를 초과하면 추가 수당을 받을 수 있잖아!"

패달을 돌리는 아저씨가 사람들을 독려했다. 어린아이가 있는 아주머니들만 돌아갔다. 10시가 되었다. 8.5퍼센트를 초과했다.

"아깝다."

"내일이면 가능할 거야."

"15퍼센트도 될걸?"

"고맙다, 청아!"

"저기 염치없지만…… 내 팔 좀 봐줄 수 있을까? 요 며칠 계속 삐걱거렸는데 단발머리 기술자 솜씨가 영 시원치 않더라고."

아저씨와 아주머니들이 내 주위를 에워쌌다.

"네, 보여주세요."

절로 웃음이 새어나왔다. 온몸이 쑤시고 피곤해서 눈앞이 핑핑 돌 것 같았지만 뿌듯했다. 그때 십장과 단발머리 기술자가 들어왔다. 파도 한 번에 모래사장에 공들여 그린 그림이 지워지듯 사람들의 얼굴에서 삽시간에 웃음이 가셨다. 나도 당황했다. 단발머리 기술자는 왜 온 거지?

"이게 뭐지?"

단발머리 기술자가 패달을 보며 물었다. 그 말이 흡사 나를 전염병 환자로 선고하는 내용이라도 되는 것처럼 화들짝 놀란 사람들이 내게서 떨어졌다. 대폭발 전 이야기책에서 군중 속의 고독이라는 표현을 봤었다. 그게 이런 상황을 가리킨 것이었을까? 불과 몇 걸음 거리에서 어릴 때부터 날 돌봐주고 방금까지 내 덕분이라고 추어주던 사람들이 자기와는 상관없는 일임을 증명하기 위해 온 힘을 다해 입을 다물고 있었다.

"패달을 만들었어요. 덕분에 평소보다 8.5퍼센트나 생산율이……."

"공장 물건을 함부로 변형해?"

독 안에 든 쥐를 보듯 단발머리 기술자의 입꼬리가 득의만만하게 올라갔다.

"이 일과 관계없는 사람들은 가지. 아니면 같이 벌금을 물든가……."

십장이 엄포를 놓기 무섭게 사람들은 불난 집에서 도망치듯 빠르게 사라졌다. 저런 게 빛의 속도일까?

재롱을 부린 뒤 칭찬을 기대하는 개처럼 십장이 단발머리 기술자를 바라보았다. 단발머리 기술자는 성가신 얼굴로 가라고 손짓했다. 십장은 풀이 죽어 나갔다. 넓은 공장 안에 나와 단발머리 기술자만 남았다. 갖은 불평을 토하며 굴러가던 벨트와 사람들의 가쁜 숨소리, 통조림이 상자에 들어갈 때 들리던 소음이 모두 사라진 공장에 기괴한 적막이 깔렸다.

단발머리 기술자는 쭈그려 앉아 패달을 꼼꼼히 살폈다.

"급조한 것치고는 꽤 쓸 만한 걸 만들었네?"

아까는 나무라더니 왜 칭찬이지? 불안해졌다.

"편하게 단백질을 받고 싶지 않니?"

무슨 말을 하려는 거야? 정부 고위나 그들과 일하는 사람은 절대 믿어서는 안 되었다. 단발머리 기술자는 내 눈앞에서 아빠의 눈을 빼갔다.

"마음이 바뀌면 언제든 날 찾아오렴."

내 표정에서 경계하는 기미를 읽은 단발머리 기술자가 돌아섰다. 단발머리 기술자의 등에서 내가 자기를 찾아오리라 확신하는 기색이 또렷이 읽혔다. 갈 줄 알고?

나는 십장에게 갔다. 그는 왜 왔느냐는 듯 날 보았다.

"오늘 일당을 주세요."

"일당? 공장 기계를 망가뜨려놓고 일당을 달라고?"

"저는……!"

"넌 앞으로 열흘간 네가 망가뜨린 부품 값을 해야 해. 일당은 그 뒤에나 받을 수 있다. 일하러 오지 않으면 너희 집을 대가로 가져오게 될 거야."

청천벽력 같은 소리였다. 열흘? 열흘이라고? 오늘 빈손으로 돌아가야 한단 말이야? 집에는 아무것도 없었다. 빵떡할머니가 가져다준 빵은 아침에 아빠 먹으라고 주고 나왔다. 그리고 뭐? 집을 어쩐다고?

그는 망연자실한 날 보더니 검지만 한 단백질 조각을 내밀었다.

"그러게 왜 그런 짓을 하고 그래."

"감사합니다. 앞으로 말썽부리지 않고 열심히 일할게요."

나는 허리를 반으로 꺾으며 두 손으로 받았다.

"그래야지. 모난 정이 돌 맞는다고 했어. 나는 지금도 하루에 16시간씩 일해. 네 나이 때는 18시간을 일했다. 그렇게 십장이 된 거야. 요새 젊은것들은 게으름이 몸에 붙었어. 일은 요령껏 하려 들면서 바라는 건 많지."

그는 한참 동안 자기 젊은 시절에 대한 이야기를 늘어놓았다. 나는 감동 받은 얼굴로 들었다.

근무 시간이 끝나 가지등이 모두 꺼진지라 돌아가는 길은 한 치 앞도 보이지 않았다. 나는 랜턴을 켰다. 아빠가 하루 종일 패달을 밟아 축전기를 충전했다. 아껴 써야 하는데 이 귀한 걸……. 앞으로 열흘……. 뭘 먹고 살지? 빵떡 할머니 가게는 얼마나 버틸까? 빵떡 할머니는 공장에서 일하기에는 늙었다. 빵떡 할머니에게도 먹을거리를 가져다줘야 하는데……. 괜한 짓을 했어. 아빠가 늘 하던 말대로 시키는 일만 할걸.

집에 오니 빵떡 할머니가 와 있었다. 가슴이 덜컥 내려앉았다. 빵떡 할머니가 내 손을 잡고 밖으로 나왔다.

"청아, 놀라지 말고 들어."

"무슨 일이에요?"

"네가 안 와서 네 아빠가 널 찾으러 갔다가 넘어졌다."

"얼마나 다쳤어요?"

"오른다리를 자를 수밖에 없었는데……. 대체할 기계 다리가 없잖니. 살 돈도 없고."

"제가 만들면 돼요. 남은 부품으로 어떻게든……."

축전기에 남은 전기가 얼마나 되지? 밤을 새워서라도 아빠 다리를 만들어줘야지. 하룻밤쯤 새워도 끄떡없어. 난 젊잖아.

"아빠가 네 걱정이 이만저만이 아니야. 그러니 놀란 기색하지 마라."

"네."

나는 집으로 들어갔다. 누워 있던 아빠가 인기척이 난 쪽으로 상체를 세웠다.

"청이냐?"

"응, 나 왔어."

"별거 아니야. 축전기는 손으로 돌리면 되잖니. 발보다야 못하겠다만……. 손을 다쳤어야 하는데. 쯧."

"그러게. 신체발부수지부모 몰라?"

"시끄러! 왜 이렇게 늦었어? 십장이 괴롭히기라도 했어?"

"응. 내가 첫날이라 일이 서툴다고 아주 쥐 잡듯이 잡는 거 있지? 남아서 청소하고 가라잖아."

"썩을 놈이!"

"밥은 먹었어?"

"빵떡 할머니가 갖다줬다. 저기 너 먹을 것도 있어."

아빠가 말한 먹을 것은 아침에 나갈 때 내가 차려뒀던 바로 그 빵떡이었다. 아빠는 종일 굶었고 빵떡 할머니는 오늘 장사를 공쳤다.

"빵떡 할머니한테 인사하고 올게."

"알아서 가겠지, 뭘 인사씩이나 한다 그래?"

나는 못 들은 척하고 빵떡 할머니에게 갔다.

"설마 할머니 가게 앞에도 권인들이 서성거려요?"

"그래, 이 늙은이를 왜 괴롭히는지 영문을 모르겠다."

이제 어떡하면 좋지? 어떻게 살지?

"하늘 뚜껑이 무너져도 솟아날 구멍은 있다고 했다. 저 뚜껑에도 분명 어딘가 구멍은 있을 거야."

빵떡 할머니가 말하며 내 손을 꼭 잡았다. 빵떡 할머니는 두려워하고 있었다. 이제껏 우린 친할머니, 친손녀처럼 지내왔다. 아빠와 나는 할머니의 몸을 언제나 거저 고쳐주었고, 할머니는 우리에게 빵떡을 가져다주었다. 빵떡 할머니는 내가 어릴 때 제일 많이 날 봐주었고 엄마를 찾으며 우는 내게 온갖 옛이야기를 들려주었다. 하지만 이제 빵떡 할머니는 우리에게 줄 게 없었다. 오늘 사람들이 날 모른 척했듯 우리에게 버려질까 무서운 것이었다. 손님이 끊긴 중에 우리마저 외면하면 할머니는 굶어 죽는다. 나는 주머니에서 아까 받은 단백질 조각을 꺼내 할머니 손에 쥐여주었다.

"십장이 주더라."

"이걸 왜 날 줘? 너 오늘 첫날이라 일 서툴다고 다른 사람보다 덜 줬을 텐데……."

그렇구나. 늘 하는 수법이구나. 나한테는 아예 안 줬지만…….

"십장이 지 젊었을 때 이야기를 늘어놓으며 잘난 척하기에 아양 좀 떨었더니 오늘만 봐준대."

"욕봤다."

"열흘이면 나도 다른 사람들만큼 준대. 그래서 오늘은 이뿐이네. 공짜 아냐. 가게도 한산하겠다, 울 아빠 좀 부탁할게. 그 김에 패달도 밟으면 좋고. 어디 삐걱거리면 내가 고쳐줄 테니."

"뭐, 지나기는 길에 들러는 볼게."

애써 태연한 척 구는 할머니의 입가가 파르르 떨렸다. 내가 자기를 버리지 않으리라는 마음을 읽은 것이다.

"멀리 안 나가."

"오냐."

"넘어지지 말고."

"잔소리는!"

할머니는 가려다 말고 멈춰 섰다.

"왜?"

"절대 십장 눈 밖에 나지 마. 요즘 광산이 심상치가 않잖니. 땅울림도 잦고. 흉흉한 소문이 돌아. 정부 고위 놈들이 광산을 진정시킬 제물을 찾는대. 어린아이를 하나 바쳐야 한다나?"

"절대 사고 안 쳐."

오늘 단단히 교훈을 얻었거든.

할머니가 지팡이로 땅을 더듬으며 가는 모습을 보고 집으로 돌아왔다. 내가 무사히 돌아와 긴장이 풀렸는지 아빠는 그새 잠들어 있었다. 나는 아빠 다리를 만들 만한 부품을 찾았다. 가장 중요한 다리뼈 구실을 할 튼튼한 철봉이 없었다. 공장에서 버려진 부품을 슬쩍해 와야 할 것 같았다.

방에서 이불을 뒤집어썼다. 아까 십장이 한 입 거리도 안 되는 단백질을 주며 갖은 생색을 낼 때 속에서 열불이 끓었다. 내 덕분에 공장 효율이 올랐다. 보너스를 줘도 모자랄 판이라고 따지고 싶었다. 십장의 말을 듣는 내내 단백질을 십장 얼굴에 던져버리는 상상을 했다. 그러지 않고 고분고분 굴었기 때문에 빵떡 할머니에게 뭐라도 줄 수 있었다. 참길 잘했다. 그래, 어른들 말을 들으면 자다가도 떡이 떨어진다잖아. 앞으로는 요령껏…….

눈물이 터졌다. 아빠가 내 울음소리를 들으면 안 되기 때문에 이불로 입을 틀어막았다.

집에 있는 먹을거리는 말라버린 빵떡 한 조각이 전부였다. 아빠는 오른쪽 다리를 잃었고, 빵떡 할머니 가게도 문을 닫을 지경이었다. 왜 이러는 거야? 어쩌란 말이야?

방법은 하나뿐이었다. 내일 십장 앞에 엎드려 비는 거다. 추가 수당 없이 한 달간, 아니 두 달이라도 야근을 하겠으니 매일 수당을 조금이라도 달라고. 그러고 보니 무릎 관절에 문제가 있는지 걷는 게 시원치 않았었다. 다리도 공짜로 고쳐주겠다고 해야지.

다음 날 나는 빵떡에 물을 붓고 끓여 죽 비슷한 걸 만들었다.

"아빠는 집에서 놀고먹으니 탄수화물이면 되지? 단백질은 내가 먹는다?"

"아빠한테 버릇없이!"

"흥. 나 출근해! 귀한 거니까 한 방울도 남기지 말고 먹어."

"오냐, 눈물이 다 난다!"

"눈도 없으면서 눈물 타령은……. 갔다 올게!"

"청아……."

돌아서는데 아빠가 나직하게 나를 불렀다. 도둑질하다 걸린 사람처럼 온몸의 털이 다 솟았다.

"왜?"

나는 그대로 선 채 물었다. 돌아서서 아빠 얼굴을 볼 수가 없었다. 어린 소녀를 잡아먹으려 할머니 옷을 입고 있었다는 괴물처럼 아빠 얼굴을 한 전혀 다른 존재가 있을 것만 같았다.

"할머니가 죽었을 때 아빠가 어쨌다고 했지?"

아빠에게서 처음 듣는 낮고 고요한 목소리였다. 왜 그래? 차라리 소리를 질러!

"덩실덩실 춤을 췄다고……."

"빵떡 할멈에게 중매 서달라고 했다."

"무슨? 벌써……!"

"네 기술에 남편이 공장에서 일해서 벌면 끼니를 걱정할까. 늦겠다. 어여 가."

"주책이야!"

나는 집을 나왔다. 사람들이 공장으로 가고 있었다. 어제와 달리 아무도 나와 눈을 마주치지 않았다. 뭐, 당연한 건가.

마을 사람들은 대체로 일찍 결혼하고 아이를 많이 낳았다. 가족이 많아야 자가발전기도 돌리고, 공장에서 일하고, 해변에 나가 광산에서 흘러온 고철도 주워 팔며 먹고살 수 있었다. 아빠는 엄마가 죽은 뒤 재혼하지 않고 나만 보며 살았다. 직접 만든 어둠상자로 찍은 엄마 그림을 늘 품에 지니고 있다가 이따금 꺼내 보며 훌쩍였다. 내가 모를 줄 알았지?

아빠는 음식을 먹지 않을 거다. 아빠는…….

사람들이 제자리에 멈춰 선 날 지나쳐 앞으로 갔다.

"난 춤 안 춰!"

즉시 돌아서서 단발머리 기술자의 가게로 갔다. 뚜껑까지 단 가게는 우리 집의 다섯 배는 되었다. 마음을 굳게 먹고 문을 열었다. 천장에 붙은 가늘고 긴 조명이 강한 불빛으로 눈을 찔렀다. 번쩍거리는 금속으로 된 진열장에 크기별로 분류한 나사, 각종 드라이버, 인두기, 몸체에 쓰이는 부품 따위가 권인들처럼 줄 맞춰 있었다. 넓은 작업대 위에 놓인 건 옆집 아저씨의 다리였다. 아빠와 내가 수없이 고쳐준 다리니 잘못 볼 리 없었다.

"알아보겠니? 새걸로 교체해줬단다."

폭신한 소파에 몸을 파묻고 있던 단발머리 기술자가 말했다.

"아저씨는 그럴 만한 돈이 없을 텐데요."

"난 싸게 해주니까."

단발머리 기술자는 편안하게 앉은 자세만큼이나 거짓말도 쉽게 했다. 들켜도 상관없다 이거지? 맞아, 그러든 아니든 내가 어쩌겠어. 남 일이야. 아빠만 생각해야지.

"바로 올 줄 알았어. 똑똑한 것들은 시간을 낭비하지 않거든."

"제가 뭘 하면 되죠?"

소파에서 일어선 단발머리 기술자가 뒷문을 열었다. 문 너머에 전기거가 서 있었다. 길이는 약 3미터로 바퀴는 모두 네 쌍이었다. 큰 바퀴 두 쌍은 내 허리까지 왔고, 작은 바퀴 두 쌍은 종아리까지 왔다. 투명한 몸체 안에 크고 작은 톱니바퀴, 거대한 축전기, 축전기를 감싼 코일, 피스톤이 보였다. 뒤에는 로스로이드 V3.02라고 적혀 있었다. 나도 모르게 달려가 전기거에 몸을 붙이고 내부의 작동 원리를 읽었다.

"이만한 전기거를 움직이기에는 축전기가 작은데요?"

단발머리 기술자는 히죽 웃더니 가운데 자리에 올랐다. 나도 탔다. 앞뒤에는 둘씩 인형이 앉아 있었다. 단발머리 기술자가 앞에 붙은 버튼들을 눌러 작동시켰다. 축전기가 가동되는 웅 소리가 들리더니 진동이 느껴졌다. 인형이 발을 구르기 시작했다. 발은 바퀴와 연결되어 있었다.

"축전기로 인형을 작동시키고, 인형이 바퀴를 굴리는 동시에 축전기를 충전하는군요. 인형의 힘만으로 안 될 때는 축전기가 거들고요."

"과연……."

단발머리 기술자가 둥근 손잡이를 돌리며 흡족하게 웃었다. 앞에 단 전등에서 불빛이 나와 길을 밝혔다.

"뚜껑이 없네요."

"전기거는 뚜껑이 없는 게 고급형이야."

전기거가 멀리서 불빛으로만 봐온 VID 구역으로 들어섰다. 길 양쪽으로 촘촘하게 세워진 가지등마다 등이 다섯 개씩 달려 있었고, 등과 등 사이에는 손톱만 한 전구가 그물처럼 엮여 있었다. 옛날이야기 속 빨강 머리 소녀가 초록 지붕 집으로 가는 길에 본 사과나무 가지등이 이렇게 아름다웠을까? 길이 평평해 빛이 없어도 넘어질 일이 없을 것 같은데 왜 이렇게 전구를 밝혔지? 전기거에 쓰인 축전기를 마을마다 하나씩만 만들어줘도 출퇴근길에 불빛 걱정은 할 필요 없을 것이다. 편안히 앉아 빛나는 길을 따라가는 내내 방전된 성냥개비만 한 전등 하나 들고 남의 집 창문 아래 서 있었나는 이야기 속 소녀처럼 마음에 허기가 졌다.

전기거는 특고위의 저택이 있는 꼭대기에서 멈췄다. 특고위의 집은 3층으로, 수십 개의 창문마다 불빛이 흘러넘쳤다. 옛날 옛날에 다채로운 불빛을 내는 전등으로 집을 꾸며놓고 길 잃은 아이를 꾀어 죽을 때까지 자가발전기를 돌리게 하는 마녀가 있었다지. 나는 단발머리 기술자와 전기거에서 내렸다. 정문에 특고위의 문양이 새겨져 있었다. 커다란 동그라미 가장자리에 짧은 선을 그리고, 비늘이 달린 구불구불한 긴 몸에 짧은 다리 네 개를 가진 동물이 동그라미를 감싼 형태였다. 나는 문 앞에서 깊이 숨을 들이마셨다. 똑똑한 아이는 마녀를 불태우고 전등을 챙겨 집으로 돌아갔어. 그리고 엄마 아빠랑 환한 집에서 오래오래 행복하게 살았대.

아빠의 눈을 낀 특고위가 육중한 책상을 앞에 두고 날 맞이했다. 피부는 빛을 반사했고, 치아는 투명했으며 코와 입은 균형이 잡혀 있었다. 그는 가운데에 특고위의 상징을 새긴 노란색 가운을 입고 있었다. 가운은 하늘거리는 재질이라 길고 우아한 팔과 다리, 날렵한 허리선을 그대로 드러냈다. 지금 특고위가 특고위의 자리에 오른 지 100년이 넘었다. 그러니 태어날 때 몸 그대로일 리 없었다. 어떤 부품을 썼기에 저렇게 기계 티가 안 나지?

다른 무엇보다 내 시선을 끈 건 허리까지 오는 길고 매끄러운 머리카락이었다. 마을 사람들은 전부 머리카락이 짧았다. 한 뼘만큼 자랄 때마다 잘라서 이불과 베갯속을 채우는 데 쓰기 때문이었다. VID 구역 사람들은 뭘로 베갯속을 채우는 걸까? 적어도 머리카락은 아닌 거지? 가슴속에다 화톳불을 피운 양 뜨거운 화가 치밀었다. 다 가지고 있으면서 아빠의 눈을 빼앗았다. 아빠에게는 눈밖에 없었는데…….

"저는 왜 찾으셨어요?"

공손해야 했다. 그래야 뭐든 얻어 갈 수 있다는 걸 알면서도 마음이 고장 난 피스톤처럼 요동쳤다. 특고위는 위아래로 나를 훑었다. 내 키와 몸무게 따위를 가늠하는 느낌이었다.

"내가 널 찾았다고?"

그가 되물었다. 그의 목소리는 본래 음색은 아름다우나 조율하지 않은 악기처럼 삐걱거렸다.

"네?"

"그건 내가 물어야 할 소리 같은데……. 내게 뭘 바라지?"

특고위가 다시 물었다. 이게 무슨 막힌 하늘 뚜껑에서 비 내리는 소리야? 자기가 날 불렀잖아? 내가 바라는 건 당연히……. 단발머리 기술자가 팔꿈치로 옆구리를 쳤다. 즉각 엎드려 두 손을 이마에 붙였다.

"아빠의 눈을 돌려주세요."

"돌려달라니? 누가 뺏었니?"

단발머리 기술자가 앙칼지게 나무랐다.

"제발 부탁드려요. 아빠에게 눈을 주세요."

특고위가 턱짓하자 단발머리 기술자가 상자를 하나 가져왔다. 상자 안에는 눈 두 개가 들어 있었다. 형태가 다른 걸로 보아 각기 다른 사람이 만든 눈이었다.

"이 눈 전에 쓰던 거다."

특고위가 말했다.

정부 고위는 공짜가 없었다. 항상 준 것 이상의 대가를 받아갔다. 도대체 뭘 바라기에 눈을 준다는 거지? 특고위가 날 내려다보고 있었다. 뭘 바라든 이 기회를 놓쳐서는 안 되었다.

"단백질 500상자, 탄수화물 300상자, 바이타민과 무기질, 지방도 각 100상자씩 주세요. 최상등급으로요."

"네가 미쳤……!"

단발머리 기술자가 내 팔을 우악스럽게 잡았다.

"그러지."

특고위가 가볍게 턱을 까딱했다. 순순히 대답하는 모습에 더 올려 부르지 못한 걸 후회했다. 마을 사람들에게도 넉넉히 나눠 주게 한 천 상자 달라고 할걸. 특고위가 공으로 달라고 하느냐는 듯 손등에 턱을 괴었다. 미세하게 삐그덕거리는 소리가 났다. 움직임도 매끄럽지 못했다.

"뭐든지 할게요."

"뭐든지란 말이지?"

"네, 뭐든지요!"

특고위가 입가를 삐뚜름하게 올렸다.

"인당수 광산에서 마스터키를 찾아오너라."

"마스터키가 뭐예요?"

단발머리 기술자가 설명을 대신하듯 불을 끄고 검은색의 직사각형 상자를 조작했다. 그러자 벽에 빛나는 지도가 나타났다. VID 구역, 인당수, 인당수 주변에 있는 마을 전체를 그린 지도였다. 단발머리 기술자가 손에 쥔 단추를 눌렀다. 눈 깜빡할 새도 없이 지도가 인당수 아래에 있는 광산으로 바뀌었다.

"대폭발 이전에는 과학인들이 보통 인간들을 다스렸어. 그중 우수한 과학인들이 대폭발을 예견하고 벙크를 지었지. 벙크는 기술구역인 광산과 지금 우리가 사는 주거구역으로 나뉘어 있었어. 예상대로 대폭발이 일어났지만 인간은 과학인들의 보호 아래 벙크에서 평화롭게 살았지. 그런데 소수의 과학인들이 자기들의 세력을 키우려 벙크 바깥에 있는 비사망인들을 데려오려 한 거야. 하필 그자들 중에 기계공학, 광산을 다스리는 유사지능 과학인들이 껴 있었지. 그들이 내부에서 광산을 폐쇄했어. 세월이 흐르고 과학인들이 하나둘 죽자 그들의 기술도 사라졌지. 하지만 정부 고위들은 포기하지 않고 이제껏 광산을 재가동시킬 방법을 찾아왔어. 그게 바로 마스터키야. 마스터키만 있으면 광산을 다시 작동시킬 수 있다. 그럼 하늘에서는 태양이 뜰 거고, 땅에서는 작물이 자랄 거야."

마스터키가 만능열쇠인가 보다. 그게 진짜 있단 말이야? 태양은 뭐지?

"마스터키는 중앙통제실에 있다. 오랜 노력 끝에 60년 전, 바람구멍을 통해 중앙통제실로 들어가는 길을 찾았는데 구멍이 비좁아. 가는 길에 잠긴 문들도 열어야 하지. 솜씨 좋은 기술자면서 체구가 작은 사람이 필요해."

단발머리 기술자가 말을 마쳤다. 체구가 작고, 솜씨 좋은 기술자라……. 나군.

"최근 땅울림이 잦아진 것도 다 광산이 불안해져서야. 광산이 폭발하면 벙크도 버티지 못해. 난 네게 너만이 아니라 네 아비, 마을 사람들……."

특고위가 말을 멈추더니 단발머리 기술자를 바라보았다.

"빵떡 할멈입니다."

"빵떡 할멈까지 다 살릴 기회를 주는 거다. 우리 고위들은 모두 당시 과학인의 자손이지. 너희 조상을 구해 벙크로 데려온 게 다 우리 조상이란 말이야. 난 당시 과학인을 이끈 수 과학인의 직계 자손이고. 과학인들이 아니었다면 모두 진즉에 죽어 사라졌을 놈들이 은혜를 몰라. 하나를 주면 하나를 더 달라고 하지."

특고위가 아빠의 눈으로 날 내려다보았다. 아빠가 날 볼 때는 짓궂으면서도 인자하던 눈이 권총처럼 사납게 빛났다.

그는 내게 납작한 플라스틱 카드를 꺼내 보였다.

"이 비슷하게 생긴 거야. 나는 네게 이걸 찾아와서 더 나은 삶을 살 수 있는……."

"제가 요구한 단백질, 무기질, 바이타민, 지방 모두 마을 사람들 앞에서 주면서 절대 다시 가져가지 않을 거라고 특고위의 이름으로 약속해주세요. 아빠의 눈을 주기로 한 것도 공개적으로 이야기해야 해요."

다른 담당자는 바뀔 수 있지만 특고위는 바뀌지 않았다.

"특고위께서 네게 은혜를 베푸신 줄 몰라? 지금 당장이라도 권인을 보내 네 아비와 마을 사람들을……."

"땅울림으로 죽나, 권인들 손에 죽나 뭐 다르겠어요? 그 몸, 대폭발 이전 기술로 만들어진 거죠? 그때 기술이니 이제껏 버텼겠지만 슬슬 여기저기 삐걱거릴 거예요. 눈처럼 섬세한 부품은 대체할 수가 없고요. 어설픈 기술자를 보냈다가 잘못 건드려 광산만 더 위태롭게 만들었어요. 태양이니 작물이니 하는 건 다 핑계고 그 몸을 수리할 기술을 찾고 싶은 거잖아요? 네, 지도 죽이고, 아버지랑 빵떡 할머니도 죽이고, 마을 사람들도 죽이고, 그 몸이 다 닳아 없어지기 전에 작고 솜씨 좋은 기술자가 나타나기를 기다려보시죠!"

내가 미쳤어. 아빠 목숨을 걸고 도박을 해? 나는 아빠의 눈을 바라보았다. 이게 맞다고 해줘. 아빠, 제발.

특고위가 입술을 일그러뜨리며 웃었다.

"좋아. 단 눈은 네가 무사히 돌아오면 주마."

"뚜껑 달린 창고도 하나 지어주세요."

"그럴 시간이 없어."

"기술자님 가게면 충분하겠는데요?"

"우리 덕에 사는 일꾼들 따위가……!"

조율만 한다면 가슴 깊은 곳을 떨리게 하는 아름다운 목소리이리라. 저렇게 흉악한 말 대신 고운 말을 하면 정말 좋을 텐데…….

"그렇게 하시죠. 어차피 진짜 필요해서 연 가게도 아니었으니까요. 얘가 성공하기만 하면 싸게 먹히는 겁니다."

단발머리 기술자가 특고위의 귓가에 입을 가까이했다. 특고위는 흡족하게 웃었다.

"그러지."

"감사합니다, 정말 감사합니다! 제가 버르장머리 없이 군 건 다 용서하세요!"

"그만 가자."

단발머리 기술자는 나를 전기거에 태워 마을로 향했다. 괜한 건방을 떨었을까? 하지만 안 그랬으면……. 아빠의 눈을 뽑아가던 모습이 생생했다.

"할 말이 있지?"

단발머리 기술자가 말했다. 나는 잠시 망설이다 물었다.

"이렇게까지 해야 했어요? 그냥 저에게 단백질을 줄 테니 가져오라고 말할 수도 있었잖아요."

단발머리 기술자는 빙긋 웃었다.

"네가 승낙한다는 보장이 없지. 무엇보다…… 너, 똑똑한 사람을 더 똑똑하게 하는 방법이 뭔 줄 아니?"

나는 묻듯이 바라보았다.

"동기부여야. 그것만큼 사람을 강하게 만드는 게 없거든. 무사히 돌아오면 네 맨토가 되어주마. 내 맨티가 되렴."

맨토? 맨티? 뭔 소리야?

내 뒤를 따라 바퀴가 스무 쌍씩 달린 거대한 전기거 두 대가 마을로 내려왔다. 옆 마을 사람들까지 와서 구경했다. 전기거가 불빛을 밝혀 전등도 필요 없었다. 권인들이 단발머리 기술자의 가게를 비우고 전기거에서 단백질, 지방, 탄수화물 따위가 든 상자를 꺼내 안에 쟁였다.

단발머리 기술자는 사람들 앞에서 지금 가져온 상자는 모두 영구히 아빠에게 소속된다는 특고위의 서명이 적힌 성명을 발표했다.

"눈이요!"

내가 날카롭게 외치자 단발머리 기술자가 칭찬하듯 옅게 웃더니 사람들을 향해 말했다.

"일을 마치고 나면 새로운 눈도 줄 것이다."

"청이가 인당수 광산에 가나 보네……."

"요즘 광산이 계속 불안하긴 했지."

"한몫 단단히 챙겼는가베."

"제대로 못 하면 도로 뺏어가는 거 아냐?"

사람들이 수군거렸다.

"안 뺏어가요! 특고위 이름으로 약속했다고요!"

나는 사람들을 향해 빽 소리를 질렀다. 그리고 확인하듯 단발머리 기술자를 보았다. 단발머리 기술자가 씨익 웃으며 고개를 끄덕였다. 나는 아빠에게 가게 열쇠를 건넸다.

"청아, 너 설마…… 광산으로 가겠다고 한 건 아니지? 내가, 내가……."

이어지려던 말이 뭔지 내가 바로 알아차려서, 아빠는 더 말할 필요가 없었다. 내가 그냥 죽었어야 하는데…….

"사람들이 저거 얻어먹자고 아빠에게 알랑방귀를 뀔 거야. 특히 빵떡 할멈을 조심해. 팔다 남은 빵떡 쪼가리 좀 가져다준 걸로 생색을 내겠지. 아빠가 약해지면 자기가 창고를 차지하려 들 테고. 그러니 정신 바짝 차려! 약게 굴란 말이야. 달라는 대로 다 주면 우린 뭘 먹고 살아?"

"청아……."

아빠도 내가 진짜 하려는 말을 다 알았기에 더 말을 보탤 필요 없었다. 아빠는 약게 살지 않았다. 가지고 있는 걸로 해줄 수 있는 만큼 하며 살았다. 이제껏 내 앞에서 같지도 않은 허세를 떨어왔을 뿐이었다. 자기만의 무기가 있어야 해? 권인들이 총 한 자루만 겨누면 뺏길 걸 가지고 무기? 또 뭐랬지? 악랄하게 살아야 한다? 이 똥멍청이 아빠야! 악랄하게 사는 것도 힘이 있어야 할 수 있는 거예요.

단발머리 기술자가 아빠의 눈을 뺏었을 때부터 날 노렸다고 생각하지는 않았다. 그 뒤 내가 가게를 꾸려나가는 모습에 자기도 가게를 차려 내가 고친 부품을 보고 솜씨를 확인했다. 내게 일당을 주지 않을 트집거리를 찾아 공장까지 왔다. 설령 벨트 손잡이를 개조하지 않았더라도 어떤 핑계라도 만들어 일당을 받지 못하게 했을 것이다. 빵떡 할머니 가게까지 밟으며 기어이 내 입으로 가겠다는 말을 하게 만들었다. 그래, 칭찬해주지. 확실한 동기부여가 되었으니까. 반드시 마스터키를 가져오겠다. 저 많은 단백질, 나도 먹어는 봐야 하지 않겠어?

"난 앞으로 VID 구역에서 살게 될 거야. 아빠 먹을거리는 장만해줬으니 나한테 빌붙을 생각 하지 마. 간다!"

"청아!"

아빠의 손을 뿌리치고 단발머리 기술자의 전기거에 올랐다. 단발머리 기술자는 날 인당수로 데려갔다. 그새 출항 준비를 마친 배가 보였다. 배에는 정부 고위 기술자들과 선원으로 차출되어 온 마을 아저씨들이 타고 있었다.

단발머리 기술자는 광산의 외형을 그린 지도에서 한 지점을 가리켰다.

"바로 이 바람구멍으로 들어가야 해. 다른 데는 다 중간에 막혔어."

"네."

나는 잠수복을 입고 갑판으로 나왔다. 단발머리 기술자는 내 귀에 한 뼘 길이의 휘어진 벌레기계를 꽂더니 다른 한쪽 끝은 내 입술 부근에 닿게 했다. 그리고 자기 손에 쥔 검은 상자에 대고 말했다.

"들리니?"

귀에 꽂은 벌레기계에서 단발머리 기술자의 목소리가 들렸다.

"네, 잘 들려요."

단발머리 기술자가 쥔 검은 상자에서 내 목소리가 나왔

다. 검은 상자를 거쳐 나온 내 목소리는 다른 사람 목소리 같아서 섬뜩했다. 단발머리 기술자는 이어 내 머리에 투명한 원형 뚜껑을 씌웠다. 뚜껑에는 호스가 연결되어 있었다.

"산소통은 크기 때문에 바람구멍을 통과할 수 없어. 끈이 꼬이지 않게 조심해. 네 생명줄이니까. 숨 쉬어봐."

나는 시키는 대로 숨을 쉬었다. 조금 빽빽했지만 쉴 만했다.

"절대 숨 쉬는 걸 잊지 마. 잠깐이라도 숨 쉬는 걸 잊었다가는 폐가 터질 수도 있어."

"네."

단발머리 기술자는 내 공구 주머니에 몇 가지 필요한 도구를 넣었다.

"아비한테 하는 말 들었다. 제법 머리를 쓰더구나. 네가 돌아오지 못해도 네 아비는 어떻게든 살 방도를 마련해줬다고 생각하겠지. 그런데 광산이 폭발할지도 모른다는 건 진짜야. 마스터키가 있어야 광산을 안정화할 수 있어."

당신들이 한 짓이잖아. 마스터키인지 뭔지를 찾아 깊이 들어가서 망가뜨린 다음에 다 우리 탓을 하며 세금만 늘려놓고, 이제 와서 나더러 책임지라고?

"우리 이득만을 위해 마스터키를 찾는다고 생각하지 마라. 넌 대폭발 이전의 세계를 몰라. 어둠 속에서만 살아서 빛이라는 게 뭔지 모르지. 인공조명이 필요 없는 밝은 낮을 모른단 말이야. 우린 정부 고위로서 아무것도 모르는 너희를 부양해왔어."

그게 진짜면 당신들이 쓰는 조명을 우리에게도 나눠줬겠지. 당신들은 아무것도 잃지 않으려 들잖아.

"남이 가진 걸 쉽게 뺏으려 들지 마라. 난 특고위를 담당하는 기술자가 되기 위해 최선을 다해 노력했어."

우린 게을렀어? 우리도 이 악물고 살았지만 우리에게는 기회조차 오지 않았어!

"네 말대로 특고위가 사람들 앞에서 자기 이름으로 한 약속을 대놓고 어기기는 힘들지. 그런데 그게 다가 아니거든. 죽는 방법은 하나가 아니란다. 네가 제대로 못 하면 네 아비, 빵떡 할멈, 어릴 때부터 널 돌봐준 사람들 싹 다 제발 자비롭게 죽여달라고 애걸하게 될 거다."

나는 몸을 반으로 접었다.

"반드시 마스터키를 찾아오겠습니다."

"그래야지. 어설프게 머리 쓰지 말고 진짜 똑똑하게 굴어. 넌 내 후계자가 될 수도 있어."

단발머리 기술자가 다른 기술자들에게 가서 이것저것 지시하기 시작했다. 몸살에 걸린 것처럼 몸이 바들바들 떨렸다. 아까 특고위의 미소가 떠올랐다. 단발머리 기술자가 바로 직전에 한 말과 같은 말을 한 거겠지. 언제든 더 지독하게 뻗어갈 수 있다고.

"청아."

공장에서 손잡이를 돌리던 아저씨가 내 공구 주머니에 무언가를 집어넣었다.

"소형 산소통이야. 15분은 버틸 거다. 혹시 모르니까."

아저씨는 내가 뭐라 말할 틈도 없이 가버렸다.

바람도 불지 않는데 파도가 요동치기 시작했다. 배는 앞으로 들리는가 싶으면 어느새 뒤가 솟았다. 사람들은 넘어지고 기구들이 바닥을 굴렀다.

"가!"

단발머리 기술자가 외쳤다.

"지금 내려가봐야 아무것도 못 합니다."

기술자 중 한 명이 말했다.

"이번 진동에 바람구멍이 막히기라도 하면 더는 시도할 방법도 없어. 뛰어내려, 당장!"

단발머리 기술자가 악을 썼다. 나는 떠밀리듯 인당수로 뛰어들었다. 허리춤에 무거운 돌을 달았는데도 바람에 날리는 종잇장처럼 사방팔방으로 몸이 떠다녔다. 일순 숨이 턱 하고 막혔다. 끈이 꼬인 것이다. 바다가 다시 요동치며 운 좋게 꼬인 끈이 풀렸다. 이후에도 수차례나 눈에 보이지 않을 뿐 온 세상을 채우고 있는 것이 없는 그 순간을 견뎌야 했다.

— 빨리 가! 뭐 하고 있어?

단발머리 기술자가 고래고래 지르는 소리가 들렸다. 나는 대답할 겨를이 없었다. 무언가 거대하고 단단한 것에 부딪쳤다. 광산 벽이지 싶었다. 이렇게 허무하게 죽으려고 내려온 게 아니야!

조금씩 몸에 오는 충격이 잦아드는 게 느껴졌다. 나는 팔과 다리를 허우적댔다. 진동이 지나간 것 같았다.

— 왜 대답이 없어?

— 죽은 거 아닐까요?

단발머리 기술자와 다른 기술자의 목소리가 환청처럼 들렸다.

"바람구멍으로 가겠습니다."

가까스로 정신을 차리고 대답했다. 진동 때 어찌나 이를 악물었는지 턱이 얼얼했다. 인당수 속은 균일한 어둠으로 가득 차 있었다. 머리 뚜껑에 매달린 전등만이 내가 의지할 수 있는 유일한 불빛이었다.

내가 태어나기 전부터 이미 정부 고위들의 사람만 수집가 허가증을 받아 인당수에 내려갈 수 있었다. 그래서 나는 인당수에 내려온 게 처음이었다. 작은 물의 흐름에도 몸이 거품처럼 떠다녔다. 나는 본능적으로 몸을 눕히고 손과 발을 놀렸다. 눈앞에 산맥 같은 금속 벽이 나타났다. 이 넓은 곳에서 바람구멍을 어떻게 찾으라는 거야?

"바람구멍은 어디 있죠?"

— 지도 보여줬잖아.

단발머리 기술자가 모른다고 하기는 싫고 차근차근 설명할 능력은 없는 사람 특유의 신경질을 냈다. 그래, 보여줬지. 지도로 볼 때는 광산이 이렇게 큰 줄 몰랐을 뿐. 멀리서 전체를 봐야 바람구멍의 위치를 확인할 수 있겠지만 전등으로 볼 수 있는 건 1~2미터가 한계였다. 나는 지도상에서 바람구멍이 광산 위쪽에 있었다는 기억에 의지해 손으로 벽을 더듬으며 무작정 위로 올라갔다. 문득 어딘가로 물이 빨려 들어가는 듯한 움직임이 느껴졌다. 그 흐름을 따라가자 내 몸이 겨우 들어갈 만한 네모난 구멍을 찾을 수 있었다. 왜 이걸 바람구멍이라고 하지? 물구멍이 아니라?

발장구를 치기에는 비좁은 구멍이라 팔로 바닥을 짚어가며 기듯이 앞으로 나아가야 했다. 부력으로 인해 둥둥 뜬 몸으로 좁은 통로를 끝도 없이 기어가다보니 폐소공포증이 올 것 같았다. 이따금 바닥에 창살문이 나타났다. 창살문에 조명을 비춰 보았지만 아래에 뭐가 있는지 확인하기는 어려웠다. 갈림길이 나올 때마다 단발머리 기술자가 가야 할 방향을 지시했다. 깊이 들어갈수록 공기를 빨아들이기 어려워졌다.

"공기를 좀 더 보내주세요."

내 요청에 배에서 펌프질을 했는지 한결 수월하게 숨을 쉴 수 있었다.

— 거기야.

단발머리 기술자가 말했다.

나는 아래로 내려가는 창살문을 확인했다. 모서리마다 두 개씩 나사못 여덟 개가 박혀 있었다. 나는 내 드라이버를 꺼냈다. 아무리 기를 써도 드라이버가 아닌 내 몸이 돌아갔다. 단발머리 기술자가 넣어준 장비를 확인하니 펌프식 드라이버가 보였다. 양다리를 벽으로 뻗어 몸을 지탱하고 총을 쏘듯 버튼을 누르니 그제야 나사가 돌아갔다. 이제 일곱 개를 더 돌려야 했다.

— 왜 이렇게 꾸물대? 벌써 35분이 지났어. 서둘러!

단발머리 기술자가 무턱대고 재촉하는 통에 더 집중하기 힘들었다. 살면서 자기 뜻대로 되지 않는 일을 경험해본 적이 없었고, 그래서 단발머리 기술자의 사전에는 참을성이 없는 모양이었다. 버럭버럭 성질만 내면 단 줄 아나.

나는 단발머리 기술자의 목소리가 들리지 않는다고 상상했다. 고요한 인당수의 수면과 일정한 듯 일정하지 않게 들리는 파도 소리를 떠올렸다. 내가 잠투정을 하거나 엄마를 찾아 울 때면 아빠가 나를 업고 인당수에 갔다고 했다. 난 아빠에게 돌아갈 거야! 드라이버를 나사의 홈에 꽂고 돌렸다. 나사를 모두 푼 뒤 창살문을 치우고 내 생명줄을 조심스레 당기며 아래로 내려갔다. 용도 모를 단추들이 달린 기계로 가득 찬 방에서 한 쪽 벽의 일부만 딱 문 크기로 비어 있었다. 그런데 손잡이가 없었다. 가까이에서 살펴보니 빈 벽의 끄트머리가 다른 벽 안쪽으로 들어가 있었다. 혹시나 하는 마음에 빈 벽에 손바닥을 대고 옆으로 밀어봤지만 꿈쩍도 하지 않았다. 어떻게 여는 건지는 모르겠지만 설마 이 방에 드나들 때마다 물구멍을 거쳐 나사를 풀어야 하는 창살문을 쓰지는 않았을 테니 여기가 문이 맞았다. 나는 공구 주머니에서 폭탄을 꺼내 빈 벽의 네 귀퉁이에 붙였다.

— 거기가 확실해? 그 문을 부술 만한 폭탄은 그게 전부야.

어떤 대꾸를 하든 시끄러운 소리만 돌아올 게 뻔한지라 나는 묵묵히 폭탄을 부착했다. 그리고 서둘러 바람구멍으로 올라가서 최대한 멀리 헤엄쳤다. 온몸에 진동이 느껴졌다. 아까 바다가 요동치는 건 태산이 흔들리는 것 같았다면, 이건 거인이 내 몸을 잡고 흔들어대는 것 같은 충격이었다. 단발머리 기술자가 뭐라고 하는 것 같은데 귀가 먹먹해 제대로 들리지 않았다.

— ……려, 정신 차리라고!

"네, 내려가서 문을 확인할게요."

— 5분밖에 안 남았어. 빨리 마스터키를 찾아!

5분이라고? 얼마나 정신을 잃었던 거지? 폭발을 피해 바람구멍으로 올라올 때 머리부터 온지라 뒷걸음질을 쳐야 했다. 내려가서 보니 폭탄의 화력이 과했는지, 문이 예상보다 약했는지 문만이 아니라 벽까지 갈기갈기 찢겨 있었다.

— 빨리 들어가! 시간이 없어.

단발머리 기술자의 목소리와 이명이 뒤섞여 들렸다. 찢겨서 날카로워진 모서리에 공기줄이 걸리기라도 하면 끝장이었다. 나는 내 생명줄을 조심스레 잡고 그림으로나 봤던 상어의 입처럼 보이는 문을 통과했다. 마치 꿈속처럼 내 몸이 아득하게 느껴지는 게 꼭 남의 몸속에 들어와 있는 것 같았다. 아뿔싸, 한 시간을 넘겼구나. 단발머리 기술자가 거짓말을 하고 있었다. 나는 심호흡을 하며 정신을 붙들기 위해 기를 썼다. 살아서 나가야 했다.

문밖은 기다란 복도였다. 헤엄쳐서 가는 게 아니라 걸어서 가는 게 자연스러운 구조였다. 원래는 땅 위에 있었는데 인당수에 가라앉은 거구나. 바람구멍이라는 말이 뒤늦게 이해가 갔다. 나는 헤엄쳐서 앞으로 나아갔고, 통제구역이라는 글자 앞에 섰다. 이 문에는 약한 폭탄을 붙여야 했다. 고개를 숙여서 공구 주머니를 확인하는 것조차 버거웠다.

정신 차려!

여섯 살 때 아빠가 만들어준 공구 주머니였다. 그 뒤 늘리고, 줄이고, 주머니를 덧대고, 합치며 10년간 내 힘으로 가꿔왔다. 나는 손의 감각에 의지해 작은 폭탄을 꺼내 부착했다. 충분한 간격을 확보하기도 전에 폭탄이 터지는 바람에 몸이 뒤로 밀렸다. 돌아가보니 다행히 문은 뚫려 있었다. 나는 안으로 들어갔다. 허연 게 나를 덮쳤다. 식겁해 비명을 지르며 몸부림쳤다.

— 이 바보가, 정신 안 차릴래?

날 덮친 건 이불이었다. 공황에서 벗어난 뒤에도 숨 쉬기가 힘들었다.

"공기를 주세요."

— 보내고 있어!

나는 이불을 방 밖으로 밀어냈다. 사람이 쓰던 방이었는지 작은 전등, 볼펜, 정체를 알 수 없는 금속판들이 물 위를 떠다녔다. 뼈와 채 분해되지 못한 살점들도 말이다. 이런 건 미리 말해주면 좋았잖아!

나는 너덜너덜해진 시체의 목에서 특고위가 말한 것과 같은 카드를 찾았다.

"마스터키를 찾았어요."

— 마스터키를 공기줄에 걸어, 빨리!

물속에서는 뭐든 빨리하는 게 불가능했다. 나는 공기줄에 있는 고리에 마스터키를 걸려다 떨어뜨렸다. 온몸이 근질거리고 손목이 쑤시기 시작했다. 상체를 내리고 다리를 저으며 카드를 집어 공기줄에 걸었다. 발목이 욱신거리고 속이 메스꺼웠다. 잠수병이었다. 나는 아까 부순 문의 모서리에 공기줄이 걸리지 않도록 조심스럽게 줄을 잡고 방을 나왔다. 바람구멍이 보였다. 저 바람구멍을 따라가기만 하면 되었다. 괜찮아, 다 했어. 이제 나가기만 하면 돼.

바람구멍 입구에 도착했을 때 다시 진동이 왔다. 나는 물이 요동치는 대로 줄에 매달려 흔들리는 장난감처럼 여기저기 부딪쳤다. 안 돼, 이러다가는……! 입으로 울컥 짠물이 들어왔다. 기어이 공기줄이 모서리에 걸린 것이다. 나는 급한 대로 입 앞에서 공기줄을 움켜잡아 물이 더 들어오는 걸 막았다.

— 공기줄이 손상된 것 같습니다.

— 카드는 걸었니?

다급한 기술자의 목소리와 대조적으로 단발머리 기술자의 어조는 내가 인당수에 내려온 이래 처음으로 차분했다.

"네."

— 너, 쓸 만한 애였는데 아깝다.

무심하게 던진 아깝다는 말이 오히려 내가 그녀에게 얼마나 하찮은 존재였는지를 각인시켰다. 차라리 그냥 버리는 패로 삼았다면 덜 아플 것 같았다.

"시키는 대로 다 하고 마스터키를 찾았으니 제발 약속을 지켜주세요. 아빠에게 눈도 줘야 해요."

— 약속하지. 마스터키를 보내. 네 아비에게 네게 고통은 없었다고 전하마.

나는 공기줄을 잘랐다. 잘린 공기줄이 마스터키와 함께 내 눈앞에서 멀어졌다. 내게 남은 공기는 머리 뚜껑 안에 있는 게 전부였다. 한 번 숨을 들이마실 때마다 공기가 줄어드는 게 느껴졌다. 습관적으로 공구 주머니를 뒤졌다. 아까 받은 산소통이 손에 잡혔다! 산소통은 머리 뚜껑과 연결할 수 없었다. 마지막 남은 공기를 모두 들이마시고 뚜껑을 벗는데 목 부분이 빡빡해 얼굴 살이 다 벗겨질 것 같았다. 뚜껑을 벗은 뒤 다급히 산소통을 입에 대었다. 공기가 들어왔다. 살았다. 돌아갈 수 있어. 15분이면 충분해. 충분할 거야.

나는 한 손에는 전등, 다른 손에는 산소통을 쥐고 바람구멍으로 올라갔다. 그런데 내가 어느 방향에서 왔지? 나는 양쪽으로 길게 뻗은 바람구멍에서 방향감각을 잃었다. 아래 공간을 보며 확인해야 할 것 같았다. 뼈와 물에 분 살점들이 둥둥 떠다니던 방, 그 전에 죽은 기계들의 방이 있었다. 그쪽으로 가려면…….

흐릿한 빛이 느껴졌다. 숨을 멈춘 채 손을 더듬어 산소통을 찾았다. 어디에도 산소통이 없었다. 와락 겁이 났다.

— 무리해서 움직이지 마.

중년 남자의 목소리가 들렸다. 더 버티지 못하고 숨을 들이마셨다. 짠물이 들어올 걸 각오했는데 막상 들어온 건 공기였다. 주변을 둘러보니 나는 커다란 유리 상자 안에 들어 있었다. 유리 상자 바깥은 온통 물이었다.

"여긴 어디죠? 누가 말하는 거예요?"

눈앞에 옅고 푸른 빛이 나타나더니 조금씩 선명해졌다. 특고위의 문양에서 본 것과 같은 길고 구불구불한 동물의 모습이었다. 색만 달라 특고위의 문양은 황금색이었는데 이 동물은 푸른색이었다.

— 감압실 안이야. 잠수병에 걸린 사람을 치료하는 곳이지. 나는 벙커에서 전력과 춤을 맡고 있는 인공지능 수룡(水龍)이야!

수룡은 '수룡이야!'를 빠르게 말하며 상체를 곧게 세우고 머리 양쪽에 있는 지느러미를 길게 뻗었다. 뭐 하는 거지?

"이름이 수룡이에요?"

— 내 이름은 김수용이었단다. 별명은 김 박사였지. 옛이야기에서 위기의 순간에 언제나 나타나는 김 박사 말이다. 그런데 이렇게 길게 말할 시간이 없어. 너 때문에 마지막 남은 비상 전력을 가동했거든. 바로 이럴 때를 대비해서 남겨뒀었지. 나 김 박사가 말이야!

수룡이 과시하듯 온몸의 지느러미를 세웠다.

수다는 그쪽이 떨고 있거든요. 그리고 뭐라고?

"비상 전력이 떨어지면 어떻게 돼요?"

— 더 이상 널 살려둘 방법이 없단다.

"저 여기 죽으려고 온 거 아니거든요?"

— 너 벙커에서 온 아이지? 벙커 사람들에게 말 좀 해줄래? 거기서 자꾸 부품을 빼 가는 바람에 연구소가 나날이 위험해지고 있어.

"제가 쓰고 온 머리 뚜껑에 음성 전달기가 있을 거예요."

— 작동시켜봤는데 거리 제한이 있나 봐. 여기선 안 되더라.

"제 산소통은요?"

— 공기가 떨어졌지.

"수룡 아저씨가 직접 가서 말하면 안 돼요?"

— 난 실체가 아니라 빛으로만 존재하고 여기를 벗어날 수 없어.

"마스터키를 전달했으니 VID 구역에서 여기로 들어올 수 있을 거예요. 그럼 전기를 다시 가동해서……."

— 키만 있다고 문이 열리나. 내부에서 출입구 가동 라인을 고쳐야 해.

"그럼 아저씨가 할 수 있는 건 뭐예요? 그냥 잠깐 날 이 상자 안에 살려두는 것?"

나도 모르게 왈칵 성질을 내버렸다. 수룡의 잘못이 아닌데…….

"죄송해요."

— 아니, 모두 내 잘못이야. 나는 벙커 바깥에 남은 생존자들을 데려오는 걸 반대했단다. 우리만 살아남기에도 버겁다고 생각했어. 그래서 생존자들을 찾아 나간 사람들이 들어오지 못하게 문을 막아버렸지. 들어오려는 자들, 들여보내려는 자들, 막으려는 자들 사이에서 싸움이 일었어. 인공지능도 혼선을 일으켜 사람들을 공격했어. 그 난리 속에서, 누가 멍청하게 연구실 안에서 총을 쏜 거야. 통신기가 파괴되었고, 와중에 지진까지 일어나며 연구소가 인당수에 가라앉았어. 대폭발을 대비해서 지은 연구소라 가장 안쪽은 물이 들어오지 못하게 막을 수 있었지만 안에서 나갈 방법도 없었지. 결국 하나씩 다 죽고 나와 인공지능 과학자만 남았을 때 그 과학자가 우리 뇌를 인공지능에 옮기자고 했어. 다시는 인공지능이 사람들을 공격하는 일이 없도록 말이야.

"그 사람은 어딨어요?"

— 부품 담당 인공지능 화룡이 되었단다. 지금은 못 불러. 전력이 없으니까.

"연구소에는 발전기가 없나요?"

— 발전소로 가는 길이 제일 심하게 아작 났어. 서로 거기부터 차지하려고 싸웠거든. 발전소를 차지하면 우위에 설 수 있으니까. 그래서 전력을 보충할 수가 없는데 거주 지역 사람들이 전기를 쪽쪽 빨아가는 거야. 결국 연구소는 완전히 작동을 멈추게 되었지.

"발전소는 어디 있어요?"

— 가르쳐줘봤자 못 가. 사람이 숨을 참을 수 있는 시간은 길어야 3분이야. 가는 데 10분은 걸려.

"제가 가져온 산소통이 15분은 버틴다고 했어요. 감압실 공기로 산소통을 채우면요?"

— 이론적으로는 가능하다만 가봐야 고치기 쉽지 않을 거야. 그러지 말고 나랑 여기 남자꾸나. 네가 가고 나면 난 다시 혼자가 될 거야. 다른 인공지능 용들이 하나씩 꺼질 때마다 쓸쓸했는데…….

"제가 성공하면 다른 인공지능 용들도 깨어날 거예요."

— 진심이니? 넌 잠수병에 걸렸어. 비상 전력도 거의 끝났지. 발전기를 가동해보기 위해 남은 전력을 써버리면 감압실을 다시 작동시키지 못해. 실패하면 익사하는 거야. 너 익사가 얼마나 고통스러운지 모르지?

"여기에서 산소가 떨어질 때까지 아저씨와 이야기하다 평온하게 가는 것도 나쁘지 않을 것 같아요. 최근에 사는 게 빡빡해서 앓느니 죽지 싶었거든요. 하지만 제겐 아빠가 있어요. 절 기다리고 있을 거예요."

수룡이 깊은 눈으로 날 바라보았다. 그러더니 입가를 올려 웃었다.

— 해보자꾸나.

"시간은 공기다, 알죠? 당장 시작해요!"

눈앞에 연구소의 전체 지도가 뜨며 미로의 정답을 표시하는 줄처럼 내가 있는 곳에서 발전소까지 가는 길이 표시되었다.

— 길을 잘 외워두렴. 이 방을 나가면 내가 도와줄 방법이 없어. 너 혼자 힘으로 해내야 해.

나는 힘차게 고개를 끄덕였다. 수룡이 가르쳐준 대로 감압실 안에 있는 호스와 산소통을 맞추자 공기가 빠져나가는 게 느껴졌다.

"기다려, 아빠."

*

가게가 성냥개비로 쌓은 탑처럼 흔들리더니 집기들이 떨어졌다.

"옘병, 광산이 또 미쳐 날뛰는가 보네."

빵떡 할머니가 말했다. 심 기술자는 넋이 나간 채 앉아 있었다.

"장비들 단단히 묶어. 떨어져서 망가지기라도 하면 청이가 와서 잔소리할걸?"

심 기술자는 대답이 없었다.

"청이 안 죽었어! 왜 산 사람 장례를 치르고 그래?"

"내가…… 곱게 눈을 내놨어야 하는데……."

"자기 생각해서 안 줬어? 청이 주려고 안 준 거 아냐?"

"괜한 욕심을 부려가지고……."

빵떡 할머니는 소리 없이 한숨을 지었다. 청이 인당수에 내려간 지 한 달이 넘었다. 산소통을 가지고 가도 물속에서 버틸 수 있는 건 최대 한 시간 반이었다.

단발머리 기술자는 청을 인당수 속으로 내려보낸 다음 날 돌아와 단백질 등을 모두 압수해 갔다. 청이 가져온 물건이 아무 쓸모가 없었다며, 특고위를 상대로 사기를 쳤는데 처벌을 면하는 것만으로도 관대한 처사라고 일장 연설을 했다. 주기로 약속했던 눈에 대해서는 입도 뻥긋하지 않았다. 그나마 부품 가게와 새 빵집은 철수해 빵떡 할머니는 근근이 벌어먹으며 심 기술자를 돌봐왔다.

바깥이 소란스러워졌다. 사람들이 뭐라고 소리를 지르며 펄쩍펄쩍 뛰었다.

"또 뭔 일 났나 보네. 여기 있어봐."

"내가 가긴 어딜 가."

빵떡 할머니가 거리로 나가니 사람들이 모조리 인당수로 달려가서 목을 뒤로 꺾고 하늘을 보고 있었다.

"하늘 뚜껑이 무너진다아아아아아!"

누군가 절규했다. 그의 말대로 하늘에 선명한 직선이 그어지며 정확히 반으로 갈라지고 있었다. 어른들은 아이를 품에 안고, 도망칠 곳을 찾아 무작정 달렸다. 빵떡 할머니는 다리가 풀려 그대로 주저앉았다.

"저, 저게 뭐지?"

인당수 밑에서 마치 커다란 꽃봉오리처럼 분홍빛으로 빛나는 둥근 물체가 솟아오르고 있었다. 그 물체는 수면으로 떠올라 해변까지 다가왔다. 문이 열리더니 안에서 청과 사람 모양 인형 십여 개가 나왔다.

"처, 청이니?"

빵떡 할머니가 잘못 봤나 눈을 비볐다.

"할머니!"

청이 달려왔다.

"아빠는요?"

"집에 있다. 기운이 좀 없지만 널 보면 다 나을 거다. 어여 가봐."

사람들은 청을 보랴, 청이 타고 온 분홍 물체를 보랴, 하늘 뚜껑이 쪼개지는 광경을 보랴 정신을 차리지 못했다. 차츰 벌어지는 하늘 뚜껑을 통해 드러난 허공은 비현실적으로 푸른색이었으며 찬란한 빛이 들어와 온 세상을 밝혔다.

"이보게, 심 기술자! 청이가 돌아왔어!"

누군가 심 기술자의 집으로 뛰어들어와 외쳤다.

"청이, 청이라고?"

심 기술자가 오른발을 대신하는 지팡이를 짚고 밖으로 나왔다. 사람들이 그를 부축해 인당수 쪽으로 데려갔다. 그동안 청도 집으로 전력질주하고 있었다.

"아빠!"

청이 심 기술자의 품에 뛰어들었다.

"청아, 청아! 정말 청이냐?"

심 기술자가 청의 얼굴과 몸을 더듬었다.

"아빠 있어봐! 꼼짝도 하지 마!"

청은 품에서 소중히 가져온 눈을 꺼냈다.

"세상에, 청아……."

"가만히 좀 있어봐! 이거 되게 섬세한 거야."

심 기술자의 구슬 눈을 뺀 청이 새 눈을 장착해주었다. 심 기술자가 눈을 깜빡였다. 찬란하게 빛나는 불빛 아래 청이 서 있는 게 보였다.

"청아!"

"대폭발은 끝났어. 바깥은 이제 안전해. 화룡이 마을 사람들 몸을 다 고쳐줄 거야."

"청아아아아아아아."

심 기술자는 세상이 어떻게 되었다든지 하는 이야기는 조금도 귀에 들어오지 않았다. 그저 청을 품에 안고 한없이 그 이름을 부를 뿐이었다.

단발머리 기술자가 전기거를 몰고 내려왔다. 청은 화급히 손바닥으로 눈물을 닦았다. 진짜 빛이 들어오자 VID 구역이 본디 모습을 드러냈다. VID 구역은 돌을 깎아 만든 흉물스러운 언덕일 뿐이었다. 전등 불빛은 태양 빛 아래에서 힘을 잃었고 꼭대기에 있는 특고위의 저택도 알아볼 수 없었다.

"인공지능들은 모든 사람을 똑같이 돌볼 거예요. 그렇게 세팅했어요. 정부 고위고, 특고위고, 이제 그런 거 없어요."

"거짓말하지 마. 네가 마스터키를 빼돌린 거지?"

단발머리 기술자가 손짓하자 권인들이 청에게 총을 겨눴다. 청을 따라온 인형들이 권인들, 정확히는 권총을 향해 작은 섬광을 발했다.

"그 총은 이제 작동 안 해요. 코드가 엉켰어요."

청이 말했다.

"쏴!"

단발머리 기술자가 외쳤다. 심 기술자가 청을 몸으로 막았다. 총은 작동하지 않았다.

"마, 말도 안 돼! 특고위께서 새로운 세상에 맞는 법을 만들 거야."

"그런 법 당신들이나 지켜요!"

인당수에서 연구소가 떠오르며 연구소로 가는 다리가 해변까지 이어졌다. 청은 마을 사람들에게 손짓했다.

"다들 연구소로 가세요. 물에 잠겼던 곳들을 완전히 수리하지는 못했지만 아쉬운 대로 부품 수리 구역은 작동시켰어요. 태양열로 연구소가 충전되면 단백질 공장도 안정적으로 돌아갈 거예요. 물론 이제 진짜 작물을 키울 수 있지만요."

청은 심 기술자를 향해 고개를 돌렸다.

"아빠, 진짜로 온 세상을 밝히는 광원이 있었어. 할머니 말대로 주먹보다도 한참 작더라니까? 더 이상 빛을 걱정할 필요 없어."

"청아, 내 딸아……."

"하늘을 봐, 아빠, 하늘을……!"

작은 광원 하나가 온 세상을 밝혔다. 늘 거무죽죽했던 인당수도 빛을 받아 시리도록 푸르게 빛났다.

작가의 말

박애진

어릴 때 읽은 옛이야기 뒤에는 종종 '이 이야기의 교훈은 무엇일까요?'라는 질문이 쓰여 있고는 했다. 어린 마음에도 질문에 대한 답은 이미 정해져 있다고 느꼈다. 착한 아이가 되어야 한다는 수많은 동화의 교훈에 따라 손으로는 정해진 답을 적었지만 마음속에서는 의문이 일었었다. 왜 옛이야기에서는 늘 처녀를 제물로 바칠까? 아버지가 시각장애인이라니 가슴 아픈 일이나 아버지의 눈을 뜨이게 하기 위해 죽기까지 해야 했을까? 사람의 목숨을 제물로 삼는 뱃사람들은 나쁜 사람이 아닐까? 왜 이야기 어디에도 그 사람들이 나쁘다는 말이 없을까?

옛이야기를 SF로 재해석하자는 기획안을 받고, 어린 날 가졌던 의문에 대해서 내 나름대로 이야기를 풀어갈 기회가 온 것 같아 몹시 반가웠다. 옛이야기는 시대에 따라 달라지며 여러 버전이 존재한다. 이를테면 현대에는 아이들을 배려해서 잔혹한 부분을 삭제해서 엮는다. 최근에는 마냥 수동적이었던 원작의 인물들, 특히 여성 캐릭터를 적극적으로 자기 운명을 개척하는 인물로 재창조하는 경우가 많다. 「깊고 푸른」의 청이도 그러하다.

여자아이에게 착하고 순종적이고 희생적인 성품을 요구하던 시대가 저물어가고 있으며, 그만 지난 시대로 떠나보낼 때도 되었다.

눈치채신 분들도 있겠지만 단발머리 기술자는 「설국열차」의 메이슨을 오마주했다.

이 기획에 함께하자고 권해주신 정명섭 작가님에게 감사드린다. 덕분에 좋은 책에 참여할 기회를 얻었다. 「깊고 푸른」에 대해 이은 편집자님이 해준 이야기는 큰 격려가 되었고 꼼꼼하게 교정을 봐주어 글의 완성도를 높일 수 있었다. 마음을 다해 감사드린다.

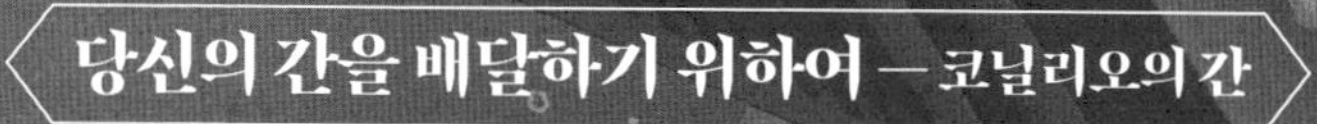

당신의 간을 배달하기 위하여 — 코닐리오의 간

임태운

1.

바다는 지금껏 타르타루가에게 아무 말도 속삭여주지 않았다.

인간의 고향이 바다이고, 안드로이드의 고향은 인간의 손이니, 결국 바다 역시 안드로이드에게 어떤 감흥을 주어야 하는 것이 아닌가 생각해본 적이 있었지만 그의 청각 센서에 바다가 입력해주는 것은 물살이 재잘대는 소리뿐이었다.

그때 묵직한 지느러미가 빠른 속도로 해저를 휘젓는 소리가 감지됐다.

길이가 5미터에 육박하는 대형 백상아리였다. 바다의 제

왕이라고 할 수 있는 이 녀석들에겐 전자기를 탐지할 수 있는 로렌치니 기관이 있어, 타르타루가가 절전 모드로 은신하고 있는 지금과 같은 상황에서도 먹잇감을 포착해낸 것이다.

백상아리는 타르타루가의 발아래를 유유히 헤엄치다가 잽싸게 솟구쳐 올랐다. 까득. 안드로이드는 녀석이 자신의 어깨를 깨물었다가 화들짝 놀라 물러서는 걸 무심히 바라봤다. 위협적인 행동을 취할 필요는 없었다. 바닷속 포식자들은 상대에게 물고 뜯을 고기가 없다는 것을 알아차리는 순간 떠나버리기 때문이다.

하지만 이 백상아리는 조금 달랐다. 여태껏 제대로 된 천적을 만나보지 못했는지 호기심이 수그러들질 않은 것이다. 타르타루가는 결국 절전 모드를 해제한 다음 녀석의 콧잔등을 손가락으로 한 차례 튕겼다. 예상치 못한 반격에 녀석이 맹렬한 속도로 달아나자마자 수십 개의 서치라이트가 타르타루가의 주변을 둘러쌌다. 흉흉한 기세의 전투 잠수선에서 격앙된 목소리가 흘러나왔다.

"찾았다! 이쯤에 숨어 있을 줄 알았지."

남해에서 활개 치는 해저마피아들.

발각된 이상 선제공격을 기다려줄 필요는 없었다. 타르타루가는 물살을 가르며 날아오는 어뢰를 피해내곤 적진에 육탄 돌격을 감행했다. 그가 전투 잠수선 다섯 척의 부력탱크를 찢고 방루를 박살 내는 데 걸린 시간은 고작 1분 31초에 불과했다.

타르타루가가 바다 밑바닥으로 가라앉는 잔해들 중에서 그나마 덜 망가진 통신장치의 마이크를 붙잡았다.

"여기서부터는 내 주인님이시자 동해 바다의 독존자이신 위대한 용궁주의 영해입니다. 한 번 더 침입을 시도할 경우 본진을 향한 공격이 있을 것임을 경고합니다."

"흥! 용궁에 처박혀서 백날 술만 퍼마시는 그 독종 계집을 우리가 무서워할 줄 알고."

"용궁주에 대한 모욕을 행하였으므로 더 이상의 대화를 불허합니다."

정밀하게 설계된 기계손가락이 통신장치를 으스러뜨리자 바닷속에는 다시 나른한 고요가 찾아왔다. 한동안 부유하던 타르타루가는 해저 바닥에 내려선 다음 일방적이었던 전투의 흔적을 둘러보았다. 그러자 불청객과도 같은 긴급 통신이 그의 수신망에 잡혔다.

— 어이, 못생긴 깡통 거북아. 방금 네 전투 기록이 들어왔는데 말이지.

시각 센서의 우측 상단을 가득 메운 것은 동해 용궁을 장악하고 있는 이인자의 험악한 얼굴이었다.

"안녕하십니까. 폴포 장군."

타르타루가의 응대는 깍듯했다. 허구한 날 자신을 깡통이라고 놀려대는 상대라 해도 예외는 없었다. 반짝거리는 대머리에, 어깨에 여섯 쌍의 사이보그 팔을 추가로 장착한 폴포 장군의 몰골이야말로 '미끄덩거리는 문어'라 받아쳐줄 만했지만 한 번도 그리했던 적은 없다. 육체의 절반 이상이 기계로 대체되었다지만 폴포 장군은 인간이기 때문이다. 일단은.

"이번에도 용궁주의 방침에 따라 자비 없는 전면 공격으로 승리했습니다. 무슨 문제라도 있습니까."

— 네놈이야 관절 하나까지 무기나 다름없는 놈이니까 거기엔 할 말이 없다. 문제는 싸우기 전에 생겼지. 절전 모드로 은신한 상태에서, 왜 상어를 내쫓았나? 그냥 놔둬도 상관없었을 텐데. 너의 배터리는 무한하지 않고 당연히 낭비는 용납되지 않는다. 네 코어를 돌아다니는 전기 한 자락까지도 빠짐없이 용궁주님의 소유라는 거다.

"옳으신 말씀입니다. 하나 그 백상아리 역시 동해로 헤엄쳐 온 이상 주인님의 소유물입니다. 전투에 휩쓸리면 녀석은 확실히 죽었을 터. 저는 그분의 식탁에 올라가는 상어 요리의 재료가 줄어드는 위험을 감수해선 안 된다고 판단했습니다."

— 그놈을 내쫓느라 너의 잠복이 발각돼 패배할 수 있었는데도?

"그 질문에는 오류가 있군요. 저는 패배하지 못합니다. 패배를 명령받은 적이 없기 때문입니다."

고저가 없는 안드로이드의 답변에 폴포 장군은 코웃음을 쳤다.

— 자신만만하군. 재수 없는 거북이 새끼. 아무튼 명심해라. 너는 지정된 대상을 모두 파괴하는 것이 전부인 살인 병기야. 쓸데없이 생명체에 동정심 같은 걸 가지면 즉각 폐기처분되는……. 그런 낌새만 보여봐. 곧장 오류 심사에 넘겨버릴 거다.

"명심하겠습니다, 장군."

— ……일단은 경계 근무를 관두고 돌아와. 용궁주께서 네놈을 찾으신다.

2.

바닷속 초거대 돔 안에 자리 잡은 해저 도시.

휘황찬란한 조명 아래로 겹겹이 자리한 빌딩. 그 안에 수만 명의 해저마피아들이 살아가고 있었다. 그들이 안온하게 웃을 수 있는 이유는 두 가지. 첫 번째는 심해의 수압으로부터 자신을 보호하고 있는 두터운 돔의 존재였고, 두 번째는 태평양 전체를 뒤져봐도 전례 없이 강력한 통치자인 한 여인 덕분이었다.

"왔느냐."

오직 그녀의 명령만을 따르는 전투형 안드로이드가 주인 앞에 무릎을 꿇었다.

"명을 받고 복귀했습니다. 주인님."

"두 달 만이로구나."

타르타루가는 고개를 들어 용궁주와 눈을 마주쳤다. 약관을 갓 넘긴 듯 보이는 어리고도 청초한 얼굴이 옥좌 위에서 그를 내려다보고 있었다. 수천의 안드로이드와 사이보그 전투원을 휘하에 두고 있지만 정작 용궁주는 아무런 기계 이식도 받지 않은 유기체의 몸을 고수하고 있었다. 그럼에도 불구하고 꾸준히 한결같은 젊음을 유지해왔다. 무려 200년이 넘는 시간 동안.

"그래. 오랜만에 네 주인의 얼굴을 보니 무슨 생각이 드느냐."

"용안에서 불안과 불면, 경미한 자율신경계 이상의 흔적이 읽힙니다. 일주일 중 닷새 이상 과도한 음주를 행하셨군요."

"쓸데없이 솔직한 놈 같으니. 하긴, 그래서 너에게 물어보는 거지만."

용궁주는 어깨를 으쓱하더니 말을 이어나갔다.

"내가 술을 끊고 싶어도 그럴 수가 없구나. 서쪽 게이트에

좌르륵 늘어선 수송선들이 보이느냐? 방사능으로 난장판이 된 육지를 피해 내 용궁으로 도망쳐 오는 것들이지. 녀석들이 뇌물로 진상하는 진귀한 술병들이 어찌나 많은지, 관료들을 상대할 때마다 한 방울씩만 마셔도 내 혈관에 피보다 알코올이 더 많아질 지경이라니까."

대부분의 안드로이드가 그러하듯 타르타루가 역시 그 주인에게 몹시도 충직한 하인이다. 그럼에도 불구하고 그는 용궁주에게 '과도한 음주는 옥체에 해롭습니다' 따위의 조언은 하지 않았다. 주인의 심기를 거스르지 않기 위해서가 아니었다. 그의 주인은 건강을 걱정할 필요가 없기 때문이었다.

"아무래도 새 간이 필요할 것 같아."

간이라는 단어를 스웨터로 바꾸어도 위화감이 없을 것 같은 자연스러움. 그렇다. 가혹하리만치 육체를 혹사시키다가 장기의 일부분이 손상되면 싱싱하고 젊은 장기를 '육지로부터' 구해 오는 것이 용궁주가 옥체를 유지하는 비결이었다.

"명을 받들겠습니다."

용궁주가 옥좌의 팔걸이 부분의 버튼을 조작하자 그녀와 타르타루가 사이에 홀로그램 전도가 펼쳐졌다. 인근 육지의 상세한 입체지도였다. 울퉁불퉁한 지형 위로 수백 개의 빠알간 점들이 모여 있었다. 그 점 하나하나가 모두 용궁주의 유전자 복제로 만들어진 '클론'들이 있는 위치였다. 용궁주가 검지를 세워 옆으로 움직이니 빨간 점의 개수가 10분의 1로 훌쩍 줄어들었다. 그녀의 클론들 중에서 무결점의 건강한 간을 보유하고 있는 클론들만 남은 것이다. 용궁주의 표정은 치킨 스파게티를 요리하기 전 생닭을 고르는 요리사의 그것과 닮아 있었다. 익숙하고도 무감정했다는 말이다.

"이번에는 네가 던져볼 테냐."

용궁주가 품 안에 있던 두 개의 주사위를 꺼내 타르타루가에게 내밀었다. 타르타루가는 순순히 그녀의 말에 따랐다. 허공으로 던져진 주사위의 액정에는 숫자가 표시되었는데, 무작위로 빠르게 변했다. 그리고 바닥에 데굴데굴 구르다가 14와 82라는 두 개의 숫자를 뱉어냈다. 경도와 위도. 그러자 홀로그램 지도 위에는 단 하나의 점만이 남게 되었다. 대륙의 끄트머리에 위치한 작은 반도, 그중에서도 남쪽이었다.

"여기를 골랐구나. 육지에 있던 시절 행군을 멈추고 쉬던 곳이지. 그래. 폭포와 개울이 인상적이었어."

타르타루가는 바닥에 뒹굴던 주사위를 주워 용궁주에게 넘겨주었다. 주인의 눈동자는 왼쪽 위를 향해 있다가 곧 왼쪽 아래로 떨구어졌다. 과거의 기억을 떠올린 직후, 그 기억 속에 편린처럼 박혀 있는 고통스러운 악몽들에 덜미를 잡혔다는 뜻이었다.

용궁주가 주사위를 다른 누군가에게 맡긴 것은 타르타루가의 기억으론 처음 있는 일이었다. '주사위 굴리기'. 그것은 안드로이드로서는 이해하기 어려운 불합리적 감정 여러 개가 섞여서 나온 기벽이었다. 주사위의 선정으로 장기가 적출될 운명에 당첨된 클론은 용궁으로 초대되어 파티를 즐긴다. 그리고 음식에 섞인 수면제에 취해 잠이 든 뒤 수술대로 옮겨진다. 그곳에서 의료용 안드로이드의 정밀한 솜씨로 용궁주에게 장기를 넘겨주고는 '처리'된다. 용궁주는 쓸모가 없어진 클론을 절대 살려두지 않는다.

등 뒤의 홀로그램과 빨간 점만으로는 알 수 없지만 방금 특정된 장소에는 자신이 클론이란 사실조차 모른 채 성장했을 한 소녀가 있을 것이다. 통계상 아마도 15세에서 19세 사이. 용궁주가 통과했던 한 시절의 모습을 그대로 뒤따라 자라난 한 인간. 조금 전 타르타루가가 던진 주사위는 그 소녀에게 지상의 어떤 권력자도 피하기 어려운 죽음을 확정 지어준 것이다.

그럼에도 타르타루가의 심리에는 어떠한 동요도 없었다. 다만 인간인 용궁주는 달랐다. 전장에서 숱하게 적군들을 학살하던 영웅에게도 자신의 모습을 꼭 닮은 소녀에게 죽음을 '지정'하는 일에는 부담과 죄책감을 느끼는 것이다. 주사위를 던지는 일은 그 부담감을 조금이나마 희석시키고자 하는 작용이며, 지금껏 그 일을 절대 부하에게 시키지 않고 본인이 감당해온 것은 그 최소한의 죄책감만큼은 회피하지 않겠다는 의지의 발로였다.

그것을 처음으로 타르타루가에게 맡겼다는 걸 어떤 신호로 읽어야 할까. 용궁주에게 남아 있던 죄책감이 너무 커져 안드로이드의 손을 빌린 것일까? 아니면 오히려 반복된 주사위 던지기가 일말의 죄책감마저 없애버려 이 의식이 유희로 변질되어도 상관없어진 것일까.

그 미묘함을 구분한다는 것은 타르타루가에겐 불가능한 영역이었다. 그래서 그는 더 이상 그 문제에 관심을 두지 않기로 했다.

"금방 다녀오겠습니다. 그동안 옥체를 보전하십시오."

주사위를 넘겨준 뒤 돌아서는 타르타루가를 용궁주가 나른한 목소리로 붙잡았다.

"이번이 몇 번째지?"

"장기 회수 임무는 여든아홉 번째, 간 회수 임무로 한정한다면 열두 번째입니다."

"슬슬 지겹지, 너도?"

지겹다는 표현은 단순히 장기 회수 임무에 대한 수식에 불과할까.

두 세기가 넘도록 굳건한 바다의 통치자. 그녀를 미워하는 이들은 자연의 이치를 거슬러 수명을 연장하는 용궁주를 비난하며 '지겨운 독재자'라는 조롱 섞인 별명을 붙였다. 타르타루가 역시 불온 세력이 내뱉은 이 별명을 육성으로 들은 적 있다. 그리고 저주와 환멸이 섞인 그 욕설들은 그들의 입에서 나온 '마지막 말'이 되고 말았다. 용궁주의 심복이자 해저 세계에서 가장 강력한 동력을 가진 이 전투형 안드로이드의 손에 의해서.

타르타루가는 고개를 저었다.

"아니요. 저에게 지겨움을 느끼는 기능은 탑재되어 있지 않습니다."

3.

"동해 용궁의 초대를 거부하시겠다는 겁니까?"

이 물음을 던지며 타르타루가가 고개를 우측으로 20도 정도 꺾은 것은 학습된 결과물이었다. 상대로부터 예상치 못한 답변을 받았을 때, 그리고 그 이유에 대해서 짐작 가는 바가 없을 때 인간들은 주로 이런 몸짓을 하곤 했던 것이다.

"응."

코닐리오라는 이름을 가진 소녀는 팔짱을 낀 채 테이블 맞은편에 앉은 사내를 쏘아보고 있었다. 검은 슈트를 멋지게 빼입었지만 인공 피부 안에는 근육과 혈관 대신 금속과 케이블이 채워져 있는 안드로이드를. 외양만으로는 인공 생명체라는 것을 알아채기 불가능할 만큼 대단한 완성도다.

"그 이유를 물어도 되겠습니까? 동해 용궁은 모든 육지인들이 꿈에 그리는 환상의 휴양지. 이런 추첨을 거부하는 경우는 전무했습니다."

하지만 코닐리오는 타르타루가가 안드로이드라는 것을 알고 있었다. 아주 오랜 시간 동안 이 날만을 기다려왔기 때문이다. 소녀는 오리의 배설물이 묻은 노란 고무장갑을 끼고 있었다. 용궁에서 온 손님이 목장 청소를 하는 도중 찾아왔기에. 다행히도 이 장갑 덕분에 코닐리오의 파르르 떨리는 손가락은 겉으로 드러나지 않았다.

"맞아. 복권 중의 복권이라 불리는 용궁 초대권을 내팽개치는 사람이 있을 리 없지. 하지만 나는 알아버렸거든. 그 초대장에 적힌 날짜가 곧 내 제삿날이라는 걸."

느닷없이 코닐리오가 테이블 밑면에 붙여놓았던 돌격 소총을 꺼내 타르타루가를 겨누었다. 용궁주와 정확히 똑 닮은 두 눈동자에 살의가 모여들었다. 여전히 고개가 20도 꺾여 있는 상태로, 타르타루가는 순식간에 세 가지 사실을 파악했다.

첫 번째. 코닐리오는 용궁의 초대장이 자신의 소중한 장기를 탈취하기 위한 달콤한 함정이라는 것을 알고 있다. 용궁주의 클론들은 단 한 명의 예외도 없이 철저한 정보 차단과 행동반경의 은밀한 통제 속에서 성장하게 되는데, 대체 어디에서 눈치를 챈 걸까?

두 번째. 이 소녀가 들고 있는 돌격 소총은 농기구와 트랙터의 강판을 떼서 만든 조악한 총기이다. 무기에 관한 지식이 있는 누군가가 궁여지책으로 급조한 것으로 보인다. 다만 총을 들고 있는 본새가 극히 어설프고, 총기의 무게 중심이 어디에 있는지도 모르는 걸로 봐서는 이 소녀를 총기 제작자라 생각하긴 힘들다.

마지막으로 세 번째. 타르타루가의 망막 센서로 소총을 투시해본 결과 애초에 총알이 있어야 할 탄창이 텅 비어 있었다. 그렇다는 것은 공갈 협박을 시행하고 있다는 뜻이었다.

코닐리오를 용궁으로 데려가야 한다는 절대적인 명령을 받은 타르타루가의 입장에선 세 가지 사실 모두 달갑지 않았다. 안드로이드는 일단 세 번째 사실을 거론하는 것이 좋겠다고 판단했다.

"그 소총은 장전이 되어 있지 않아 위협용으로 적절치 않습니다. 소유자인 당신 역시 제게 위협이 되긴 불가능합니다."

어깨를 으쓱한 코닐리오는 미련 없이 테이블 위에 총을 내려놓으며 답했다.

"눈치 빠르네. 맞아. 어차피 이건, 만들다가 실패한 거거든."

"실패작? 그렇다면 어딘가에 완성작이 있다는 말씀입니까."

"응. 내가 쓸 건 아니지만."

타아아아앙!

그 순간 오두막의 오른쪽 나무판자가 박살 나면서 강렬한 총격이 타르타루가의 하관을 덮쳤다. 의자에서 밀려 떨어진 타르타루가가 바닥을 뒹굴다가 벌떡 일어났다. 찢어진 인공 피부 아래로 티타늄 합금으로 만들어진 골격이 훤히 드러났다.

오두막 안으로 난입한 사내는 지저분한 셔츠에 장화를 신고 있었다. 그는 타르타루가가 다시 일어날 줄 예상하고 있던 모양인지 연이어 방아쇠를 당겨댔다.

"죽어라, 용궁주의 부하!"

타르타루가는 총알이 다 떨어지자 자신에게 달려들어 개머리판을 휘두르는 사내의 정체를 알고 있었다. 클론의 곁에서 '부친'의 역할을 수행하는 감시용 안드로이드 GF-800,

코드명 파파였다. 클론의 일거수일투족을 용궁에 보고하며 타르타루가처럼 주인에게 봉사해야 할 파파가 어째서 일그러진 얼굴로 자신을 창문 밖으로 집어던지는 것일까.

무저항 상태로 얻어맞으며 타르타루가는 두 개의 의문이 해소되는 것을 깨달았다. 클론인 코닐리오에게 출생의 비밀을 알려준 자, 언젠가 용궁에서 누군가 찾아올 것을 대비해 무기를 만들어낸 자가 바로 파파였던 것이다.

"내 딸은 못 데려간다, 이 새끼야!"

파파가 타르타루가의 몸에 마운트 자세로 올라타 주먹을 내리치기 시작했다. 한 대 한 대 타격이 꽂힐 때마다 대장간에서 쇠망치를 모루에 내려치는 소리가 났지만 갈수록 파손되는 것은 파파 쪽이었다. 애초에 인간과 함께 생활하기 위해 가벼운 소재로 만들어진 파파와 해저의 압도적인 수압에서도 가공할 전투력을 발휘하는 타르타루가의 강도는 비교조차 할 수 없었던 것이다.

"역시 이 정도로는 꿈쩍도 안 하는구나. 그럼 이건 어떠냐."

파파가 오른팔로 자신의 왼쪽 팔꿈치를 뜯어내자 주먹만 한 플라스마 폭탄이 모습을 드러냈다. 그러자 단 한 번도 반격하지 않았던 타르타루가가 누운 자세를 역전시키며 파파의 몸에 올라탔고 곧바로 왼팔을 움켜잡더니 가차 없이 뜯어내버렸다.

"적대 행위를 감지했으므로 대응합니다. 방법은 즉각적인 배제입니다."

타르타루가가 파파의 뽑아낸 왼팔을 산등성이 쪽 허공에 던져버렸다. 그는 마음만 먹으면 언제든 상대를 제압할 수 있었다. 상황을 파악하기 위해 두고 본 것일 뿐. 그러나 파파가 폭탄을 노출시켰을 땐 두고 볼 수 없었다. 자신의 '배달' 목표물인 코닐리오가 다칠 우려가 있었기 때문이다.

퍼어어엉!

타르타루가의 머리 위에서 플라스마 폭탄이 터지며 마치 두 개의 태양이 생긴 것처럼 주변이 밝아졌다. 파파의 얼굴이 절망에 일그러지는 것이 만천하에 드러났다. 흉내 낸 것이라 보기 힘든 진짜 '표정'이었다. 타르타루가가 파파의 목을 움켜잡았다. 목 안을 가득 채우고 있는 회로와 부품들이 서로 마찰하며 비명을 질렀을 때,

"그만해! 파파를 놓아줘."

코닐리오가 이번에는 제대로 장전된 돌격 소총을 든 채 발악하듯 외쳤다. 떨리는 총구가 향한 곳은 타르타루가가 아니라 본인의 턱 밑이었다. 소녀가 자칫 실수로 방아쇠를 당겼다간 낭패인 상황. 전투형 안드로이드는 천천히 파파의 목을 놓고 일어났다.

"바보야. 내가 뭐랬어. 이길 수 없을 거랬잖아."

코닐리오는 소총을 땅바닥에 내던진 다음, 지저분해진 파파의 상체를 일으켜주었다.

"당장 도망쳐야 한다, 딸아. 내가 어떻게든 시간을 끌어볼 테니……."

파파는 코닐리오의 앞을 막아서며 비장하게 말했지만 정작 소녀는 이미 마음을 정한 상태였다. 그녀가 파파의 목 뒤에 손을 가져가 숨겨져 있는 버튼을 누르자 안드로이드의 동공은 곧 빛을 잃었다. 수면 모드에 접어든 것이다.

기계가 '감정'을 갖게 되는 것은 가장 치명적인 오류이다. 원래 만들어진 목적에 반하는 행위까지 하도록 몰아붙이는 것이 '감정'이기 때문이다. 폴포 장군이 타르타루가가 감정을 가질까 봐 극도로 경계하는 이유였다.

"한숨 자고 있어요, 아빠. 그동안 고마웠어."

반파된 감시용 안드로이드의 이마에 입을 맞춘 뒤 코닐리오는 천천히 일어섰다.

"타르타루가라고 했나. 파티 초대니 뭐니 하는 기만은 하지 않아도 돼. 용궁주가 내 간을 원하고 있는 거지? 그걸 거부할 방법은 없는 거고."

"……그렇습니다. 저는 당신의 간을 배달하기 위하여 육지에 왔습니다. 그럴 가능성은 극히 미약하지만 만약 저를 파괴하는 데 성공하시더라도 제 주인은 절대 당신을 내버려 두지 않을 겁니다."

"좋아. 널 따라가겠어."

타르타루가는 지그시 소녀의 눈빛을 바라보았다. 동공의 움직임과 심박수를 보더라도 분명 진실을 말하고 있었다. 죽을 것이 분명한 길을 따라가겠다고 하는 것이다. 보통의 인간에겐 불가능에 가까운 일. 때문에 다양한 속임수로 클론들을 꼬드겨야 했던 타르타루가에겐 이채로운 상황이었다. 하지만 놀랄 일은 이걸로 끝이 아니었다.

"조건이 있어."

"어떤 조건 말입니까."

"나에겐 몇 개의 버킷리스트가 있거든. 내 정체에 대해 알게 된 이후로 차곡차곡 모아온 소원들이지. 용궁에 가기 전에 그 소원들을 모두 이루고 싶어. 네가 그걸 도와줘야겠어."

타르타루가도 '버킷리스트'가 무엇인지는 학습을 통해 접한 적이 있다. 필연적으로 죽음에 대한 공포를 안고 사는 인간들이 죽기 전에 반드시 한 번쯤 해보고 싶은 소망들을 적는 목록. '욕망'이란 것이 애초에 존재하지 않는 안드로이드가 평생에 걸친 염원이란 개념을 완벽히 이해하기는 불가능했지만 뜻은 알고 있었다.

"제가 그 소원들을 이뤄드려야 할 이유는 없습니다."

타르타루가는 냉정하게 거절했다. 그러나 소녀는 조금도 당황하지 않고 그를 설득하기 시작했다.

"나는 버킷리스트를 이루지 못할 바엔 당장 혀를 깨물고 자살할 거야. 그러면 너는 임무를 실패하게 되겠지."

"당신을 포박해서 용궁의 수술대까지 강제로 끌고 가는 방법도 있습니다. 저에겐 훨씬 간단하고 효율적인 방법이지요."

"그렇게 되면 나는 끌려가는 동안 엉엉 울면서 극도의 분노와 우울, 절망감에 빠지게 될 거야. 자연히 간 수치가 최악으로 치닫게 되겠지? 피자 배달부가 피자를 관리 못 해서 곰팡이가 핀 걸 배달하는 꼴이지 않겠어?"

안드로이드는 소녀의 말에 잠시 말문이 막혔다. 용궁주의 오장육부를 대체할 클론들을 육지에서 데려오는 임무를 맡아왔던 그이기에 각 장기들이 인체에서 어떤 역할을 맡고 있는지 의료용 안드로이드만큼이나 잘 알고 있었기 때문이다.

당초 간이란 무엇인가. 알코올을 비롯해 건강을 해치는 '독소'를 해독하고 정화시키는 일을 맡고 있다. 인간을 기계에 비유한다면 심장이나 폐 못지않게 중요한 핵심 부품이라 할 수 있다. 심각한 감정적 스트레스가 간 건강에 해롭다는 코닐리오의 협박은 그래서 효과적이었다.

"너의 주인은 당연히 싱싱한 간을 원할걸?"

타르타루가는 자신의 칩에 입력돼 있는 용궁주의 스케줄을 되짚어보았다. 열흘 뒤에 태평양 인근의 권력자들이 모두 모이는 '태평연회'가 있다. 분명 용궁주는 그 전에 새로운 간을 이식받아 '순정 상태의 간'을 장착한 채 술잔을 들고 싶어 할 것이다. 이식 후 안정화 작업까지 고려한다면 타르타루가에게 주어진 시간은 결코 길지 않았다.

"받아들이겠습니다. 당신의 첫 번째 버킷리스트부터 말씀해보십시오."

4.

버킷리스트는 육지의 문명이 전쟁과 오염으로 쇠락하기 한참 전의 중세 시대 풍습에서 만들어진 단어다. 당시 사형수들이 밧줄로 목을 매고 올라섰던 '양동이(Bucket)'가 그 어원으로, '양동이를 걷어차다(Kick The Bucket)'란 표현이 죽음의 비유로 쓰이면서 유명해졌다. 타인에 의해 걷어차여지는 양동이가 곧 '난데없는 죽음'의 상징이 되어버린 것.

이것이 타르타루가가 인공지능의 데이터베이스에서 찾아낸 설명이었다. 어원에 따르면 코닐리오라는 소녀에게 있어 그는 죽음의 선고자임과 동시에 '양동이를 걷어차는 자'이기도 했다. 버킷을 걷어차주는 기계가 버킷리스트를 위한 여행을 도와준다는 것은 명백한 아이러니였다.

"확실히 이 아이스크림은 맛있어 보이네."

코닐리오의 첫 번째 버킷리스트를 들어주기 위해 타르타루가는 그녀를 등에 업은 채 남해를 건넜다. 그리고 이 반도의 가장 큰 섬에 위치한 해변에서 '원조'라고 써 붙인 가게를 찾아 땅콩 아이스크림을 주문했다. 코닐리오는 바닷바람이 이마를 거세게 몰아붙이는 해변에 앉아 콘에 얹힌 땅콩 아이스크림을 횃불처럼 들고 있었다.

"왜 맛보지 않으십니까."

당연히 죽기 전에 이 아이스크림을 먹어보는 것이 첫 번째 소원일 것이라고 생각한 안드로이드의 질문이었다. 그러자 소녀가 자신의 손바닥보다 작은 노트를 내밀었다. 거기엔 손글씨로 '땅콩 아이스크림이 바닷바람에 녹는 걸 구경하기'라고 쓰여 있었다. 하지만 제법 쌀쌀한 날씨 때문인지 아이스크림은 땅콩 가루와 함께 몇 방울만 모래 위로 떨어졌을 뿐이었다.

침묵을 깨트린 것은 평생을 클론으로 자라난 소녀였다.

"바다를 보는 것은 처음이야. 나는 내가 태어난 산골에서 한 번도 벗어나본 적이 없었거든. 배를 타본 것도 오늘이 처음이고. 물론 안드로이드의 등에 업혀 물살을 건너게 될 줄도 몰랐고."

"딴죽을 거는 것은 아닙니다만, 저는 선박의 정의에 맞지 않습니다. 그러니 당신은 아직 배를 타보지 않은 인간입니다."

"나는 멸망 이전의 책들을 많이 훑어봤어. 거기서 버킷리스트라고 하면 대부분 바다를 보러 가는 거더라고. 하지만 말야. 나에겐 바다를 보러 가고 싶다는 욕망이 생겨나질 않았어. 이상하지 않아? 아니, 그보다 그 조그만 산골을 뛰쳐나가고 싶다는 생각 자체를 해본 적이 없어. 왜일까."

타르타루가는 침묵했지만 그가 답을 모르지 않음을 둘 다 알고 있었다.

"분명 태어날 때 뭔가 조작당한 것이겠지. 모든 것이 완벽하게 통제되는 그 산골을 벗어나지 않도록 말이야. 의식도, 감각도 할 수 없는 어떤 부분이 내 안에서 잘려나가 있다는 걸 뒤늦게 깨달은 기분을 알아? 당연히 넌 모르겠지."

극히 적은 확률로 일어나는 안드로이드의 '오류'. 덕분에 코닐리오는 지금껏 그 어떤 클론도 해보지 못한 경험, 자신을 바닷속 무덤으로 데려갈 안드로이드와 여행 중이다.

"아빠가 평생 밭에서 키워온 게 뭔 줄 알아? 부추, 시금치, 브로콜리, 자몽 같은 거였어. 너는 모르는 게 없는 안드로이드니까 이 채소들의 공통점을 잘 알겠지?"

"간암 발생률을 낮춰주고 간의 해독 능력을 증진시키는 채소들입니다."

코닐리오는 즉각적으로 대답하는 타르타루가가 얄밉다는 듯이 노려보았다.

"맞아. 그 채소들은 절대 한 장소에서 함께 자랄 수가 없는데도 말이지. 나는 그 산골에서 아무런 불편함이 없이 자랐어. 필요한 건 다 구할 수 있었거든. 지구의 절반이 멸망한 세계에서 그건 참 괴상한 일인데. 다만 술집만큼은 한 곳도 없었지. 술을 먹어봤다는 사람도, 술에 대해 설명해주는 사람도 없는 마을 어른들 사이에서 난 컸어."

소녀는 뚫어져라 타르타루가의 얼굴을 노려보았다.

"네 주인이 날 찾는다는 건 허구한 날 술을 퍼마셔서 간이 못쓰게 되었다는 뜻이잖아. 그 여자와 완전히 동일한 세포로 이뤄진 나에겐 절대 허락되지 않는 쾌락을 무분별하게 즐긴 대가로. 이게 무슨 소린지 아니? 누군가의 복사본으로 태어난 것만으로도 기분 정말 더러운데, 그 복사본마저 원본으로부터 이것저것 떼어낸 열화판이라는 걸 알게 되면 기분이 몇 배로 더럽다는 말이야."

시각 센서가 상대로부터 '혐오와 경멸'을 읽어냈지만 안드로이드는 잠자코 있었다. 이토록 노골적인 감정의 대상이 자신이 아니란 게 밝혀지기 전까지는.

"네 주인은 망할 년이야."

타르타루가의 손가락 관절이 미약하게 꿈틀거렸다. 코닐리오는 이 순간 하마터면 자신의 두개골이 척추와 분리될 뻔했다는 걸 눈치채지 못했다. 전투형 안드로이드는 자기 주인을 향한 모욕에 반사적으로 물리적 반격을 행해야 했기 때문이다. 하지만 이번에는 달랐다. 모욕을 가한 상대가 주인에게 반드시 필요한 존재였으니까.

"하지만 미칠 듯이 만나보고 싶었어. 그 사람을 만나는 날이 내가 죽는 날인데도 불구하고 말이지."

녹아버린 아이스크림 덩어리가 모래 위에 떨어지자 무정한 파도가 다가와 그것을 게 눈 감추듯 먹어치워버렸다.

"불태워주지 않을래?"

소녀가 안드로이드에게 건넨 것은 노트에서 뜯어낸 종이였다. 타르타루가는 군말 없이 그것을 받아 손바닥 위에 올렸다. 소형 입자포를 내뿜을 수 있는 구멍이 열리자 종이는 순식간에 재가 되어 흩날렸다.

"가자. 두 번째 버킷리스트를 해치우러. 나에겐 낭비할 시간이 없거든."

5.

버킷리스트를 이뤄줄 모든 것이 준비되었다 해서 그것의 실행마저 쉬운 일은 아니었다.

"내, 내, 내려줘! 너무 무섭다고."

"아직 상공 200미터밖에 되지 않습니다. 이 열기구의 주인은 상공 800미터까지 올라갈 수 있다고 했습니다만."

"시, 시끄러. 다리가 후들거린단 말이야. 대체 무슨 생각으로 이딴 걸 버킷리스트에 적었담!"

코닐리오는 헬륨가스를 동력 삼아 둥둥 떠 있는 열기구에 탑승해 있었다. 하지만 위풍당당했던 시작과는 달리 지면의 건물들이 까마득해질 무렵부터 바들바들 떨고 있었다. 고소공포증이었다. 뭔가를 무서워하는 감정에 이입할 수 없는 타르타루가였지만 '공포'가 인간으로 하여금 무모한 짓이나 어리석은 선택을 하도록 부채질할 수 있다는 것은 잘 알고 있었다.

"그럼 내려드리도록 하지요."

900킬로그램인 타르타루가는 열기구에 탈 수 없었다. 그래서 발목을 뚜껑처럼 열어 압축가스를 분사시키며 비행 중이었다. 자신의 배달 대상을 직접 업어서 내려주는 것도 가능했지만 가뜩이나 위축돼 있는 코닐리오를 더욱 고통스럽게 할 가능성이 높다고 판단하여 열기구의 바스켓을 붙잡아 천천히 끌어내리려 했다.

“잠깐만. 야, 너 지금 나 비웃었지?”

난간에 얼굴만 올려놓은 코닐리오가 쏘아붙였다.

“그럴 리 없습니다. 저의 기종은 표정 구사 기능을 지원하지 않으므로…….”

“닥쳐! 방금 비웃었잖아. 네 주인은 고소공포증 따위 없겠지? 응? 멸망 전에 대단한 전쟁 용사였다고 했으니까.”

확실히 타르타루가의 메모리에는 고소공포증을 느끼는 용궁주를 본 기록이 없었다. 무엇보다 용궁주가 기거하는 궁전은 돔의 천장에 가장 가까운 초고층 빌딩이다. 하지만 육지의 지면과 바닷속 해저표층이 동일 선상에서 비교될 수 있는 것인지는 장담할 수 없었다.

“내려주지 마. 이, 이따위 것 극복해주겠어. 버킷리스트엔 분명 ‘열기구에서 석양을 보는 것’이라고 쓰, 쓰여 있었으니깐.”

코닐리오의 얼굴에서 결의를 읽어낸 타르타루가는 바스켓에서 손을 떼었다. 저무는 태양의 빛무리가 열기구 꼭대기의 립밸브를 어루만졌다. 정확히 스물일곱 번의 심호흡을 실시한 뒤 소녀는 평상시의 심박수로 평정을 되찾았고, 떨림 없는 말투로 질문까지 던졌다.

"이런 풍경이구나. 예쁘지 않아? 대체 해저인들은 바닷속에서 사는 게 뭐가 좋은 거야? 육지야말로 온갖 야생동물들이 숨 쉬고, 합성산소가 아니라 식물들이 내뿜는 산소를 들이마시며, 저렇게 해가 뜨고 지는 모습을 감상하며 살 수 있는 곳인데."

보통은 그녀의 말을 듣고만 있는 타르타루가였지만 이번엔 달랐다.

"그러나 당신이 말하는 야생동물들은 유전자 단위에서 조작돼 고통스러운 삶을 살고, 온갖 공장에서 내뿜는 유독물질로 오염된 공기는 유기체에게 해롭기 짝이 없는 데다, 육지는 태양이 모습을 감춘 다음에도 할로겐 등 아래에서 방사능으로 오염된 부품을 해체하는 소년들이 잠들 권리마저 빼앗긴 채 학대당하고 있는 곳이기도 하지요."

"……네가 생각해낸 거 맞아? 아니잖아. 네 주인인 용궁주가 그렇게 읊어준 거겠지."

안드로이드는 부정하지 않았다. 스물여덟 번째 심호흡을 내뱉은 뒤 코닐리오가 석양을 직시하며 말을 이어나갔다.

"나도 용궁주에 대해서는 많이 찾아봤어. 해저 도시의 지배자. 세계를 양분하고 있는 두 절대자 중의 하나라고 하데. 아무리 뒤져도 얼굴은 도통 노출되지 않았지만."

"당신과 92퍼센트 일치하는 용모를 갖고 계십니다."

"당연하겠지. 클론이니까."

소녀는 '클론'이라는 단어를 꺼내면서도 그것에 매몰되지는 않았다.

"네 말이 맞다 쳐, 타르타루가. 육지가 바닷속보다 훨씬 별로라고 치자고. 그렇다면 네 주인은 애초에 무슨 이유로 '우리' 클론들을 육지에서 키우는 거야? 공기도 더럽고 치안도 험악한데. 만들어질 때부터 바다에서 사육하면 장기 떼기도 좋잖아."

"저의 주인께서 태어나신 곳이 해저가 아닌 지상이기 때문입니다. 인간은 15세에서 20세 사이에 성장을 완료하지요. 클론 역시 동일한 환경에서 성장시키는 것이 더 좋다는 간부들의 권유가 있었습니다."

코닐리오는 잠시 안드로이드의 말을 곱씹었다. 자신과 같은 나이였을 시기에 용궁주의 세계 역시 오직 육지로만 이뤄져 있었던 것이다. 자신과 같은 풍경을 보고, 같은 땅을 걸었을 것이다.

"이 모든 번거로운 짓들이 그녀와 내 고향이 같기 때문이라는 거네? 그렇다면 더더욱 이해가 안 돼. 기껏 자신의 클론을 어릴 적 고향으로 보내서 행복하게 살도록 해놓고는, 때가 되면 마치 부품 갈아 끼우듯이 데려가 장기를 빼앗는다니."

석양을 정면으로 받고 있는 타르타루가의 등 뒤로 저녁 별들이 주춤거리며 맨얼굴을 드러내고 있었다. 잠시 동안 인간과 안드로이드 사이엔 헬륨 타는 소리만이 흩뿌려지고 있었다. 그때, 안드로이드가 전혀 예상치 못한 말을 꺼냈다.

"저 역시 저의 주인을 이해하지 못합니다."

"뭐어?"

"저는 그분의 명령을 수행하기 위해서 존재합니다. 오직 그분의 신경망에 삽입된 생체 코드만이 저를 움직이게 합니다. 그분의 명령을 수행하는 것이 제 존재의 알파이자 오메가. 그분의 뜻을 이해하는 것은 제 사명이 아닙니다."

코닐리오는 멍하니 타르타루가의 말을 듣고 있다가,

"용궁주가 죽으라 하면 죽는 거야?"

"그렇습니다."

"한 점 의심도 없이?"

"한 점 공포도 없이."

"웃어본 적도 없겠네? 용궁주의 명령을 따르면 행복이나…… 만족감을 느끼긴 해?"

"아니요. 저에겐 웃음을 표현할 기능도, 행복을 느낄 수 있는 기관도 탑재되어 있지 않습니다."

소녀는 한참 동안 말이 없었다. 그러다 문득 생각난 듯이 노트를 꺼내 맨 위의 종이를 찢어 타르타루가에게 건네었다. 안드로이드는 배터리 효율을 최우선으로 생각한다. 때문에 코닐리오가 건넨 종이를 불태우는 데 굳이 처음처럼 손바닥의 분사구를 이용할 필요가 없었다. 열기구를 띄우는 불기둥에 던져 넣으면 그만이다. 하지만 왜인지 그것은 합당하지 않은 일 같았기에 결국 타르타루가는 손수 종이를 재로 만들어주었다. 두 번째 버킷리스트가 불타버리는 찰나의 시간 동안 그의 얼굴이 슬쩍 드러났다.

표정은 역시 없었다.

6.

코닐리오는 착실하게 버킷리스트를 이뤄나갔고, 거기엔 타르타루가의 도움이 절대적이었다. 처음에는 삐걱이던 둘은 언젠가부터 오랫동안 호흡을 맞춰온 동료처럼 찰떡같은 궁합을 보이게 되었다. 소녀는 말을 멈추면 죽기라도 할 것처럼 쉴 새 없이 떠들었고, 안드로이드는 한 마디의 투정도 없이 그것을 경청했다.

"오빠와 동생이 아주 사이가 좋구먼그래."

야구장 입구에서 만난 검표원이 이렇게 말하며 껄껄 웃을 정도였다. 하지만 그 검표원도 경기가 시작되고 3회 말이 되었을 땐 웃지 못했다. 투수가 던진 회심의 직구를 타자가 홈런성 타구로 쳐냈을 때, 객석을 박살내며 날아오른 타르타루가와 그의 등에 올라탄 코닐리오가 잠자리채로 공을 낚아챈 뒤 달아나버렸기 때문이다.

그것은 명백한 범죄였지만 곧 죽게 될 코닐리오는 전혀 신경 쓰지 않았고, 해저마피아 수장의 심복인 타르타루가 역시 만행에 거리낌이 없었다. 야구장의 홈런 볼을 훔쳐 달아난다는 버킷리스트를 실행할 때 소녀는 정말 즐거워 보였다. 그동안 안드로이드가 속여서 용궁까지 데려갔던 그 어떤 클론도 코닐리오처럼 해사하게 웃지 못했다.

심지어 용궁주 본인조차도.

물론 둘에게 언제나 웃음꽃 피는 상황만 있었던 건 아니었다.

"그 레버를 내리면 돌이킬 수 없습니다."

타르타루가는 이렇게 말하긴 했지만 소녀가 자신의 만류를 들을 거라곤 생각하지 않았다. 물론 코닐리오 역시 망설임이 없었던 건 아니지만 열기구에서 공포를 이겨냈을 때를 떠올리자 용기가 생겼다. 용궁주의 클론은 이윽고 벽에 붙어 있는 큼직한 노란색 레버를 아래로 당겼다.

우르르르릉.

초거대 도축장의 근처를 지나는 자들은 모두 지진이 일어났다고 생각했다. 하지만 천지를 울리는 굉음은 지진이 아니라, 어떤 남녀가 도축장 제어실의 극비 구역에 숨어든 뒤 모든 철제 우리의 잠금장치를 풀어버리는 소리였다.

물론 3천 마리가 넘는 돼지들은 문이 열렸다고 해서 바로 우리를 뛰쳐나가지는 않았다. 여기엔 세 가지 이유가 있다. 첫 번째는 녀석들이 태어나서 단 한 번도 그 우리 바깥을 나서본 적이 없었기 때문이었고, 두 번째는 머리에 강제로 씌워진 VR 머신에서 흘러나오는 가상현실의 풍경, 마지막으로 그 가상현실에 맞춰 정교하게 움직이는 이동식 타일이 돼지들의 발을 붙잡고 있었기 때문이다. 하지만 이윽고 축사 전체가 아수라장이 되고 말았다.

서로를 밀치며 담을 넘어서는 돼지들이 내는 소리로 떠들썩했지만 개중에 인간의 고함이나 비명은 없었다. 소시지를 만드는 거대 기업의 소유물인 이 도축장은 무인 자동 체제로 운영되고 있었기 때문이다. 도축장의 경보 장치나 방어망 등은 진작에 타르타루가가 손을 써놓았다. 그 주인들은 인간들의 한 끼 식사를 해결하기 위한 소시지가 만들어지는 곳에 군사공학의 결정체인 전투형 안드로이드가 잠입할 거라곤 예상치 못했던 것이다.

또 하나의 버킷리스트인 '도축장의 돼지들을 해방시키기'가 실현되는 순간이었지만 코닐리오의 표정은 어두웠다.

거의 울기 직전이었다.

"기뻐 보이지 않으십니다."

"저 돼지들은 이제 행복해질까? 평야로도, 강가로도 달아날 수 있겠지만 안전한 울타리를 벗어났으니 굶어 죽는 아이들도 많겠지."

"그 예상은 합당합니다."

"차라리 머리에 쓴 기계가 보여주는 환상에 만족하며 살다가 우리 안에서 죽는 게 더 행복했던 거 아닐까. 난 어쩌면 저 돼지들의 삶이 내 처지인 것만 같아서 무책임한 짓을 저질렀는지도 몰라. 대리 만족을 위한 대량 학살."

"저 포유류들이 걱정된다면 평생 따라다니며 돌봐주시면 되지 않습니까."

타르타루가의 말에 코닐리오의 눈이 휘둥그레졌다. 전혀 예상 못 한 대답을 들었기 때문이다.

"와씨, 뭐래니. 나 며칠 뒤면 죽잖아."

소녀의 말이 옳았다. 안드로이드는 이 클론과 함께 다니면서 마치 원래 주인과 대화하듯, '살날이 많이 남은 인간'을 상대하듯 말하고 있었다. 그런 착오는 전에 없던 일이었기에 타르타루가는 잠시 생각에 잠겼다. 단순한 회화 시뮬레이션 프로그램의 에러일까. 아니면 더 큰 변화의 조짐일까.

쿠르릉.

그때 코닐리오의 머리 위 천장에 금이 가더니 콘크리트 더미가 쏟아져 내렸다. 난동을 부리는 돼지들의 무게를 이기지 못해 벌어진 일이었다. 타르타루가는 번개같이 소녀의 앞을 막아선 다음 쏟아져 내리는 낙석들을 양손으로 모두 받아쳤다. 코닐리오의 머리에는 몇 톨의 먼지만이 내려앉았을 뿐 솜털 하나 다치지 않았다.

"날 지켜줘서 고마워. 이게 내게 어떤 의미인지 넌 모를 거야."

타르타루가는 의미를 추구하는 존재가 아니었다. 오직 명령만을 수행할 뿐. 그래서 때론 강력한 생존 본능마저 극복하며 의미를 위해 죽기도 하는 인간을 이해할 수 없었다. 용궁주 역시 해저 세계를 지배한다는 '의미'로 살아가는 것 같았다. 보통의 인간과 다른 점이 있다면 자신의 의미가 모든 이들의 '의미' 위에 우선한다고 믿는 것뿐.

"저는 당신의 간을 지킨 겁니다. 당신이 가진 간의 건강과 신선도를 위해 필연적으로 그 간을 포함하고 있는 유기체의 총합을 지켰을 뿐입니다."

"그러니까 어쨌든 너의 전부를 걸고, 나의 전부를 지킨다는 말이잖아? 인간들은 그런 것을 낭만적이라고 해."

설계와 조립으로 만들어진 존재를 향해 '낭만'을 읊는 소녀를 안드로이드는 물끄러미 지켜보고 있었다. 몇 마리의 돼지들이 돌 더미 위에서 허둥대다가 둘의 옆을 스쳐 지나갔다. 돼지 한 마리의 목에 걸려 있던 가상현실 장치가 바닥을 구르다가 코닐리오의 발치까지 왔다.

"여전히 난 용궁주가 잘못됐다고 생각해. 나 같은 클론들을 무수히 만들어 이런 우리 안에 가둬놓고, 신체의 최전성기에 목숨을 거둬가는 것 말야. 용궁주의 영생을 위해 우리는 부품처럼 소모되는 거지."

"인간이 부품처럼 취급당하는 것에 저는 아무것도 느낄 수가 없습니다."

타르타루가는 액정이 깨져서 반쪽만 녹색 초원을 구현하고 있는 가상현실 장치를 주워 들었다.

"저는 원래 부품이니까요."

"그래. 그런 부품이어도 네가 나를 위해 몸을 날려줘서 고마워. 너의 의도가 무엇이든 그 행동에 감사할 자유가 내겐 있으니까."

때로는 의도보다 행동에서 의미를 찾고 거기에 감사하는 것인가. 타르타루가는 인간을 오랫동안 지켜봐왔지만 그들이 열중하는 프로세스가 무척 합리적이지 않다고 생각했다. 안드로이드는 이 클론 소녀를 언제든 죽일 수도, 제압할 수도, 포박할 수도 있었다. 심각한 배터리의 소비 없이도. 하지만 그것이 가능하다고 해서 코닐리오라는 한 존재의 전부를

좌우할 수 있는 건 아니라는 생각이,

처음으로 들었다.

7.

"다시 한번 말씀해주시겠습니까."

앙증맞은 나비넥타이를 목에 두른 여성형 안드로이드가 이렇게 물었다. 타르타루가는 세 번째 교체된 이 '딜러봇'이 식은땀이라도 흘리면 퍽 어울리겠다고 생각했다. 실제로 그런 정밀한 모사 기능이 탑재된 모델들도 있으니까. 그러나 카지노에서 베팅을 하는 손님을 '포커페이스'로 상대해야 하는 딜러봇에게 그런 기능이 있을 턱이 없다.

"올 인이라고. 올! 인!"

코닐리오는 방금 전에 밀어놓은 검은색 칩 무더기를 가리키며 위풍당당하게 외쳤다. 딜러봇은 느릿한 동작으로 코닐리오의 카드 두 장을 뒤집었다. 그러자 다이아몬드 7과 클로버 7이 나왔고 구경꾼들 사이에서 다시 한번 환호성이 일어났다. 둘이 카지노에 찾아와 딜러에게 건 게임은 '바카라'로 두 장의 카드를 받아 숫자의 총합이 9에 가까운 쪽이 이기는 간단한 룰의 게임이다. 딜러를 이기면 건 돈이 두 배로 돌아온다. 하지만 13분의 1로 두 장의 숫자가 똑같이 나오면 배당금은 비약적으로 치솟는다.

"페어가 떴네? 그러면 열한 배 주는 거 맞지?"

"……그렇습니다. 잠시만 기다려주십시오. 골드칩으로 변환해드리겠습니다."

환락의 도시 한가운데 위치한 이 카지노에 처음 찾아왔을 때 코닐리오의 전 재산은 음료수 몇 잔 값에 지나지 않았다. 브로콜리와 부추 농사를 짓는 집의 서랍에서 꺼내 온 돈이었고 칩으로 변환했을 땐 낮은 등급의 파란색 칩 두 개에 불과했다. 영혼 잃은 눈빛으로 룰렛을 쳐다보거나 슬롯머신을 당기는 인간들 중 허름한 옷의 소녀에게 관심을 보이는 이가 없는 것이 당연했다.

하지만 지금 이 클론 소녀는 딜러와 일대일 승부를 벌이는 게임에서 65연승을 하고 있었으며 첫 베팅 금액의 10만 배가 넘는 금액을 벌어들이고 있었다. 이제 비행정 주차장 여섯 개를 합친 것보다 넓은 카지노에서 자신의 게임에 몰두하는 도박꾼들은 거의 찾아볼 수 없었다. 모두가 이 기적적인 소녀의 연승 행진이 언제까지 이어지는지 보기 위해 양 떼처럼 몰려든 것이다.

"어떻게 한 번도 안 지는 거니, 너? 비결이 뭐야?"

구경꾼 중 온몸을 보석으로 치장한 데다 여섯 기의 안드로이드 하인을 데리고 온 귀부인이 물었다. 코닐리오는 그쪽을 쳐다보지도 않고 대꾸했다.

“제가 이 창창한 나이에 꽃도 못 펴보고 내일 뒈지거든요. 그래서 평생 쓸 운이 오늘 몰려왔나 보죠.”

좌중의 사람들은 모두 이것을 농담으로 받아들이고 껄껄 웃었지만 타르타루가는 웃지 않았다. 다만 이 연속적인 당첨이 비상식적이라는 추론만 하고 있을 뿐이었다. 결국 두 명의 딜러에게마저 항복을 받아낸 코닐리오가 게임을 끝내겠다며 일어섰을 때도 안드로이드는 아무 말 없이 그 뒤를 따랐다. 몇 시간 만에 카지노 역사상 최고의 기록을 깨트린 소녀의 앞을 도박꾼들이 막아섰고, 코닐리오는 왈칵 짜증을 냈다.

“카지노를 빠져나가는 데만 해도 한 세월이겠네. 부탁이 있어, 타르타루가.”

“네.”

“들고 있는 골드칩을 모두 등 뒤로 뿌려. 최대한 천장에 닿도록. 할 수 있겠지?”

클론 소녀의 말이 끝나자마자 안드로이드는 인간으로선 불가능한 근력으로 칩 박스를 들어 올려 공중을 금빛으로 물들였다. 단 한 개로 소형 비행정 한 대를 살 수 있는 골드칩이 주인 없이 날아다니자 곧 카지노엔 일대 소란이 일어났고, 둘은 아비규환의 풍경을 뒤로한 채 유유히 건물을 빠져나왔다.

"돈이 아깝지 않냐고 물어보지 않네?"

"당신의 표정 분석 값을 꽤 많이 수집했습니다. 전혀 아쉬워하는 것 같지 않더군요."

코닐리오의 장난스러운 질문에 타르타루가가 태연하게 대꾸했다. 그러자 소녀의 눈매가 살짝 얇아졌다.

"그래. 곧 죽을 나한테 저런 거금 따위 있어봤자야. 그런데 지금 막 그런 생각이 들었거든. 저 돈으로 지구 최고의 킬러를 구해서 용궁주를 죽여달라고 부탁해볼 걸 그랬다는 생각."

"추천하지 않습니다. 근 20년간 가장 몸값이 높았던 킬러들 중 8할이 제 주인님의 암살을 시도했다가 사망했기 때문입니다."

"그, 그래?"

"그 킬러들 중 절반 이상은 제 손에 목숨을 잃었고요."

"아주 대단하시네, 증말. 그럼 아까 그 돈을 용궁주에게 모두 바쳐서 날 좀 살려달라고 빌어봤더라면?"

발상의 전환으로 새로운 질문을 꺼낸 코닐리오였지만 이번에도 답은 부정적이었다.

"제 주인님은 스스로 정한 방침을 타의로 바꾸지 않습니다. 오히려 그분을 더욱 격분하게 할 제안이라 생각합니다."

이것은 돈의 문제가 아니었다. 용궁주는 클론이 아무리 막대한 금액을 갖다 바친다 한들 그것을 권위에 대한 도전으로 받아들일 것이란 소리였다. 별 기대도 없었는지 코닐리오는 마음이 상한 기색을 보이지 않았다.

"그렇지만 제 판단으로도 조금 전의 중첩된 행운은 기이합니다. 평범한 인간이 카지노를 상대로 그런 대승을 거둘 확률은 수소 폭탄을 맞은 개미가 멀쩡히 살아남을 확률보다 낮기 때문이지요."

"곧 죽을 내가 불쌍해서 신이 굽어살핀 거겠지. 마지막으로 승리의 쾌감이라도 느껴보라고."

"그렇더라도 인간의 심리상 벌어들인 칩이 많을수록 그런 극단적인 승부는 펼치기 어려운 법입니다. 결과를 제외하고 시도 자체부터 부자연스러운 일입니다. 가진 걸 다 잃을 걱정이 되지 않았습니까? 어떻게 매번 올 인을 외친 거지요?"

"원하는 게 있으면 늘 전부를 걸어야 한다고 생각했어. 그런데 전부를 걸어도 못 이기는 상대가 있더라고, 세상에는."

용궁주를 암시하는 말이었다. 그리고 타르타루가 역시 그것을 모르지 않았다.

"하지만 '그들'이 내 판돈에 함께 칩을 걸어준다면? 그러면 해볼 만하지 않을까."

이것은 어떤 비유일까. 하지만 지금 코닐리오는 혼자다. 애초에 복제로 만들어진 인간이기에 혈육도, 친척도, 목숨을 걸어줄 연인도 없다. 닷새째 타르타루가가 그녀를 돕고 있지만 그것은 어디까지나 배달 물품의 '관리'에 가깝다. 이 안드로이드는 동료도, 아군도 아니다. 그렇다면 함께 칩을 걸어준다는 '그들'은 누구를 가리키는 걸까.

그것에 대한 답은 서른 대의 전차와 함께 왔다.

"멈추십시오! 안드로이드 해킹금지법 위반 혐의로 당신의 신병을 구속하겠습니다."

서른 개의 플라스마 포탑이 전부 코닐리오를 향하고 있었다. 그리고 전차들 사이에는 100여 명의 경찰 안드로이드가 방패와 기관총으로 무장한 채 물샐틈없이 용의자를 포위하고 있었다. 비무장의 인간 소녀를 상대로 출동한 병력치고는 말도 안 되는 과잉 진압이었다. 코닐리오가 딜러봇을 '해킹'했다고 판단한 카지노가 입김을 불어넣은 것이다. 그리고 이 소녀를 따라다니는 타르타루가의 전투력에 대해서 카지노 측이 제대로 파악하고 있다는 방증이기도 했다.

"물러서십시오."

반사적으로 코닐리오의 앞을 막아선 타르타루가는 무언가 이상한 점을 깨달았다. 코닐리오가 조금도 놀라지 않고 싱글벙글 웃고 있었기 때문이다.

"……당신이 말한 함께 칩을 걸어준다는 게 저들입니까."

"글쎄. 어떠려나? 재네가 그러잖아. 내가 이 카지노에 속임수를 써서 돈을 딴 것 같다고. 그거 되게 심각한 범죄거든. 이렇게 감옥에 끌려가면 난 꼬부랑 할머니가 될 때까지 늙다가 죽겠지? 네 잘난 주인님이 내 간을 가져가려면 한 700년은 기다리셔야겠어. 응?"

감당할 수 없는 적을 떼어내기 위해 평생 '감옥'에 갇히는 꾀를 낸 것일까. 그 방식이 왠지 코닐리오에게 어울리지 않는다는 생각이 들었지만 타르타루가는 인간의 사고방식을 미리 예측하는 것엔 별로 능숙하지 못했다. 지금은 자신이 해야 할 일에 집중해야 했다.

타르타루가가 일단 경찰 병력을 향해 고했다.

"이분은 합법적인 방법으로 게임을 시작했고 마쳤습니다. 카지노의 최첨단 전산 시스템을 해킹할 수 있을 정도의 장비 역시 소유하지 않았고요. 당신들에게 증거가 있습니까?"

"증거는 조사해보면 나올 일이다. 그 정도의 해커가 존재할 수 있다는 가능성조차 국가에는 위협이 되니까."

결국 막무가내로 일단 연행하겠다는 얘기였다. 농부의 딸로 산골에서만 평생을 보낸 코닐리오를. 심지어 그녀가 대

도시 카지노를 함락시킬 수 있는 해커가 맞다 해도 타르타루가로서는 경찰들의 말에 따를 수 없었다.

"용납할 수 없습니다. 이 나라의 모든 병사가 총구를 겨눈다 해도 이분을 데려갈 수 없습니다. 제겐 이분을 모셔갈 의무가 있으니까요."

"그렇다면 안드로이드, 네놈부터 무력화시키겠다."

타르타루가가 마음을 먹으면 얼마나 높게 뛰어오를 수 있는지 코닐리오는 이때 알게 되었다. 지면을 움푹 패게 만들며 솟구쳐 오른 안드로이드는 50미터 이상 도약했다. 그러자 기다리고 있던 전차들의 플라스마 포격이 그를 뒤따랐다. 코닐리오로부터 가장 멀리 떨어진 전차가 보이지 않는 망치에 당한 듯이 찌그러지는 것이 보였다.

'나한테서 멀리 떨어져 싸우려는 거야.'

역시 낭만적이라니깐. 코닐리오는 타르타루가가 전차들을 때려 부수고, 반파된 전차들의 무기를 떼어내 경찰 안드로이드를 차례차례 작동 불능으로 만드는 광경을 편안하게 구경했다. 그것은 타르타루가에겐 이상한 반응처럼 보였다. 소녀의 계획이 감옥에 잡혀가 용궁주의 손아귀에서 벗어나려는 것이라면 자신이 공격당하고 궁지에 몰리는 것을 바라야 정상 아닐까. 하지만 코닐리오는 타르타루가가 상대의 다리를 뽑아내고 허리를 작살내버릴 때 오히려 기뻐하는 듯 보였다.

잠시 후.

고철 덩어리가 된 전차들과 경찰 안드로이드의 잔해를 밟으면서 타르타루가가 걸어왔다. 용궁주의 심복인 이 강력한 전투 기계에게도 출혈은 있었다. 왼쪽 흉갑이 날아갔고 오른쪽 무릎이 찌그러져 비틀대고 있었던 것이다.

"아프겠다. 괜찮아?"

"용궁으로 돌아가면 수복이 가능한 범위입니다. 그리고 제게 통각 센서는 없습니다."

"그래도 보는 내가 마음이 아프잖아."

태평히 말하는 코닐리오에게 안드로이드가 물었다.

"어째서 달아나지 않았습니까. 제가 싸우는 동안 당신이 제 시야에서 벗어날 기회가 여섯 번이나 있었습니다."

"도망치면 뭐 해? 너라면 금방 나를 잡을 수 있지 않아?"

"그렇습니다. 최악의 경우에도 70분 안에 당신을 찾아낼 수 있지요. 하지만 인간은 예정된 죽음 앞에서도 끝까지 발버둥치는 존재가 아닙니까."

타르타루가의 말에 코닐리오는 비소를 흘렸다. 그리고 전투에 휩쓸린 잔해들 중에서 티타늄으로 만들어진 막대기를 집어 들었다.

"맞아. 인간을 증명하는 것은 그의 죽음이 아니라, 그의 삶이니까. 잘 봐. 이 막대기는 여기서 끝나. 하지만 이 끄트머리가 죽음이라고 했을 때, 이 끄트머리도 막대기의 일부야. 인간에겐 죽음도 삶의 일부지. 그걸 받아들이면 편해질 수 있어."

그렇게 말하곤 코닐리오는 막대기를 내팽개쳤다.

"하지만! 난 받아들이지 못하겠단 말이지. 한 번도 내가 내 막대기의 주인인 적이 없었으니까! 네가 받들어 모시는 용궁주는 자신을 닮은 막대기를 계속 찍어내 자기 막대기의 밑동에 갖다 붙이고 있을 뿐이야. 그렇다면 그걸 온전히 막대기라 부를 수 있을까?"

용궁주를 인간이라고 부를 수 있을까.

소녀는 그렇게 묻고 있었지만 타르타루가는 묵묵부답이었다.

"처음이자 마지막으로 제안할게. 나를 놓아줘."

간절한 눈빛에 안드로이드는 고개를 가로저었다.

"불가합니다. 제가 주인님의 소유물인 것처럼 당신도 그녀의 소유물입니다."

"나에겐 영혼이 있어! 누군가의 소유물이 될 수 없다고. 내가 풀어준 돼지들을 보며 아무런 생각도 들지 않았니? 누군가의 부품으로만 살아야 되는 사람은 없어. 그건 비단 인간에게만 해당되는 이야기는 아니라고 생각해. 우리가 무엇으로 태어났든, 어디에서 조립되었든 말이야. 누군가는 클론에겐 영혼이 없다지만……."

코닐리오가 바닥에 털썩 주저앉았다. 그것이 무언가에 지쳐버린 인간들이 보이는 반응이라는 걸 안드로이드는 알고 있었지만 정확히 무엇에 지쳐버렸는지는 결론을 낼 수 없었다.

"나는 한 고양이를 오래도록 키운 노파의 궁상맞은 느긋함을 좋아해. 빗물이 고물 포탑 안으로 흘러들어가 만들어낸 웅덩이의 찰박거림을 즐기지. 두 팔이 앙상한 누나가 전기 담장을 넘어 훔쳐 온 빵을 한 입 베어 물었을 때 피어나는 어린 꼬마의 보조개를 사랑해."

소녀와 안드로이드 사이로 매캐한 바람이 휙 지나갔다.

"나는 그 모든 것들을 기억하고, 그것이 내가 지금까지 버텨온 원동력이었어. 그런데도 나를 구성하는 유전자가 용궁주의 복제본이란 이유만으로 내게 영혼이 없다 말할 수 있을까."

타르타루가는 느릿느릿한 동작으로 그녀의 앞에 무릎을 꿇었다. 그리고 눈을 마주치지 않은 채 말했다.

"현 시간부로 당신의 버킷리스트에 협조하는 일을 중지합니다. 저의 최우선 과제를 수행하겠습니다."

잔치는 끝났다.

이제 바다로 돌아갈 시간이다.

8.

“긴 여행이 될 겁니다. 원하신다면 수면 상태로 모실 수 있습니다.”

“아니. 깨어 있겠어.”

타르타루가의 등에서 네 개의 티타늄 철골이 십자가 모양으로 펼쳐졌다. 그리고 철골과 철골 사이에 투명한 막이 씌워져 작은 캡슐이 만들어졌다. 그렇게 안드로이드의 등에 업힌 채로 소녀는 깊은 바닷속으로 빠져 들어갔다.

까마득히 먼 곳에서 용궁의 불빛이 보였을 때 코닐리오가 숨을 깊게 들이키는 것이 느껴졌을 뿐, 업힌 자가 어떤 표정을 짓는지 업은 쪽은 알 수 없었다.

그렇게 둘은 인공 돔 안으로 들어섰다. 게이트에서 둘을 맞이한 것은 화가 잔뜩 난 폴포 장군이었다.

“널 기다리느라 팔이 빠지는 줄 알았다.”

타르타루가는 잠자코 고개를 조아렸지만 되려 양팔이 묶여 있는 코닐리오가 한마디 쏘아붙였다.

“뭐래. 팔 몇 개쯤 빠져도 별 상관없게 생겨먹어놓곤.”

실길이 날뛰는 폴포 장군을 뒤로하고 코닐리오는 타르타루가를 쳐다보았다. 이제 둘은 작별하게 되고, 다시 만날 일은 없게 된다. 양쪽 모두 그걸 잘 알았다.

"다시 태어난다면 말이야. 그때도 네 등에 한번 태워줄 수 있겠어?"

이대로 수술대를 향하면 코닐리오는 100퍼센트 죽는다. 이것은 달아날 수 없는 외길이며, 타르타루가 본인이 바로 그 길로 코닐리오를 몰아넣기 위해 존재한다. 내세와 윤회 같은 허상의 개념을 믿지 않는 안드로이드의 입장에서 코닐리오의 부탁은 허황되기 짝이 없다.

하지만 다음 생에 대한 믿음을 갖고 있는지에 대한 여부와 상관없이 약속하는 행위 자체에는 배터리가 소모되지 않는다.

그래서 타르타루가는 고개를 끄덕였다.

"알겠습니다. 다음 생이라면……. 당신의 간을 배달하기 위해서가 아니어도 기꺼이 태워드리겠습니다."

소녀는 그렇게 의료용 안드로이드들에게 둘러싸여 복도 끄트머리로 사라졌다. 저 너머 수술실에서는 코닐리오와 똑같이 생긴 용궁주가 이식 수술 준비를 마친 채 누워 있을 것이었다.

그때 바닥에 떨어진 노트가 타르타루가의 눈에 들어왔다.

거기엔 단 하나의 버킷리스트만이 적혀 있었다.

'언니, 동생 들과 한집에서 행복하게 살기.'

안드로이드는 고개를 갸웃했다. 그 동작을 봐줄 인간이 없는데도. 클론에겐 언니도, 동생도 존재하지 않는다. '행복하게 산다'는 부분도 며칠 안에 끝낼 수 있는 일회성 행위가 아니다. 소녀는 평범한 가족을 갖고 싶었던 걸까. 그리고 그게 절대 이뤄질 수 없는 버킷리스트라는 걸 알기에 마지막 페이지에 적어놓았던 걸까.

이제 타르타루가에게는 확인할 수단이 없었다.

화르륵.

마지막으로 노트를 통째로 불태워버린 타르타루가는 천천히 돌아섰다. 이제 수술을 마친 용궁주가 자신을 부를 때까지 손상된 부품을 교체하고 수리해야 할 테니까.

그런 그를 막아선 것은 폴포 장군이었다.

"기다려. 용궁주님의 이식 수술이 끝날 때까지 너는 여기에 있어줘야겠다."

"왜입니까."

"네놈이 지나치게 많은 시간을 이번 클론과 함께 보냈으니까. 그 상어를 놓아준 것처럼 네가 느닷없이 미쳐 돌아 클론을 구하겠답시고 날뛸지도 모르는 것 아닌가."

"그 말씀에는 논리적으로 허점이 있습니다. 제가 코닐리오를 살려주고 싶었다면 애초에 육지에서 용궁으로 데려오는 인도 자체를 실행하지 않았겠지요. 그것이 효율적입니다."

폴포는 그동안 용궁주가 타르타루가를 총애하는 것에 불만이 단단히 쌓여 있는 상태였다. 그래서 논리와 효율을 운운하는 안드로이드의 말에 더욱 격분했다.

"닥쳐, 이 새끼야! 지금껏 네놈은 수많은 클론들을 용궁으로 데려왔지. 그런데 단 한 번도 클론을 가리켜 이름 따위를 불러준 적이 없다. 하지만 방금 뭐라고 했지? 코닐리오? 이게 네놈이 클론에게 감정을 품기 시작했다는 명백한 증거다!"

상대가 흥분한 대로 아무렇게나 내뱉은 말이었지만 타르타루가는 잠깐 멈칫했다. 폴포 장군의 말은 옳았다. 이전에는 단 한 번도 클론을 가리킬 때 이름을 말했던 적이 없었던 것이다. 하지만 그것은 이전의 무수한 클론들과 '이번 클론'을 구분해서 설명해야만 하는 특수 상황이었기 때문이다. 타르타루가는 바로 그 점을 폴포 장군에게 납득시키려 했다.

하지만 아니라면?

정말로 자신에게 '감정'이라는 오류가 발생한 것이라면?

코닐리오를 지키려다 타르타루가의 손에 소멸할 뻔했던 파파의 얼굴이 떠올랐다. 용궁주의 안전을 최우선으로 지켜야 하는 타르타루가는 폴포 장군의 억측을 이번만큼은 흘려 넘길 수 없었다.

"제 오류를 의심하란 것이 주인님의 명령입니까? 그렇다면 따르겠습니다."

"무, 물론이지. 나와 함께 육지에서부터 싸워오신 용궁주님께선 안드로이드 따위에게 믿음을 주실 분이 아니거든."

폴포 장군의 수하 안드로이드들이 둥그렇게 타르타루가를 둘러쌌다. 하지만 포위당한 쪽은 조금도 저항할 의사가 없었다. 배터리를 절약하기 위해 바닥에 양반다리로 주저앉기까지 했다. 그런데 얼마의 시간이 흐른 후, 청각 센서를 움찔하게 할 만큼 커다란 비상경보가 용궁 전체에 울렸다.

우우우우우우우웅!

"뭐, 뭐야. 이 소리는?"

폴포 장군은 어리둥절해했다. 용궁이 생긴 이래 이런 불길한 소리는 들어본 적이 없었기 때문이다. 하지만 타르타루가는 그 자리에서 튕기듯 일어났다. 이 경보음이 용궁주가 심각한 위협에 직면했을 때 직접 자신을 '호출'하는 소리라는 걸 알고 있었으니까.

"주인님이 위험하십니다. 비키십시오."

"무슨 소리냐. 네놈은 아무 데도 못…… 크악!"

타르타루가의 발길질에 배를 걷어차인 폴포 장군은 수하

들과 부딪히며 나뒹굴었다. 그사이 타르타루가는 수술실까지 가는 직선 경로를 계산했다. 계산을 마치자마자 1초의 지체도 없이 팔을 엑스자로 교차한 다음 벽을 뚫고 나아갔다.

9.

수술실의 벽을 박살 냈을 때 타르타루가의 시각 센서가 포착한 광경은 괴이했다. 의료용 안드로이드들은 왜인지 수면 모드에 접어든 채 제자리에 서 있었고, 벽면에는 코닐리오가 헐떡이며 달라붙어 있었다. 소녀의 손바닥은 경보음을 울린 커다란 버튼을 누른 채였다.

어째서,

아직 살아 있나.

"당신이 누른 겁니까?"

타르타루가를 발견한 코닐리오는 화색이 만연한 얼굴로 소리쳤다.

"그래! 내가 너를 불렀다. 저년이 내 몸에 이상한 짓을 했다. 당장 잡아 쳐죽이거라."

안드로이드는 악에 받친 코닐리오의 말투에서 위화감을 느꼈다. 자신이 보아온 클론 소녀는 이런 말투를 쓰지 않았으니까. 그것은 오히려 용궁주의 그것과 닮아 있었다.

코닐리오의 말투는 침대 위에서 들려왔다.

"저 말을 들으니 기분이 어때, 타르타루가?"

의복을 갖춰 입은 용궁주가 침대 위에 오만한 자세로 걸터앉아 있었다. 두 여인은 정확히 동일한 얼굴을 하고 있었지만 안드로이드는 모발의 길이와 피부색의 미묘한 차이로 그 둘을 구분할 수 있었다.

하지만 코닐리오는 용궁주의 말투를 입에 담고 있었고, 용궁주는 코닐리오 특유의 맑은 웃음을 얼굴에 담고 있었다.

타르타루가는 일단 물음에 답했다.

"명령을 따라야겠다는 생각이…… 들지 않습니다."

그 대답이 흡족하다는 듯 침대에 걸터앉은 여인이 고개를 끄덕였다.

"당연하지. 네게 명령을 내릴 수 있는 자는 지구에서 하나뿐. 지금 내 몸에 있는 생체 코드의 소유자뿐이니까. 내 목숨을 건 작전이 성공했다는 뜻이기도 하고. 나는 용궁주가 아니야. 조금 전까지 무기력하게 간을 빼앗기고 죽을 운명이었던…… 코닐리오지. 너와 함께 버킷리스트 여행을 했던 그 코닐리오."

"설명을 해주십시오. 주인님."

"카지노는 예행연습이었어. '우리'가 만들어낸 해킹 프로그램이 제대로 작동하는지 실전에서 써먹어보는 연습 말이야."

그 뒤로 이어진 설명은 충격적이었다. 하지만 안드로이드인 타르타루가는 아무런 동요 없이 그녀가 해주는 이야기를 스펀지처럼 받아들였다.

타르타루가의 짐작대로 코닐리오는 해커가 아니었다. 다만 해킹 프로그램의 '시동 열쇠'를 건네받은 주인공이었을 뿐이다. 하나 이 해커의 최종 목적은 기계를 조작해 카지노에서 칩을 따는 것 따위가 아니었다.

바로 영생을 구가하고 있는 한 여인의 육체를 '해킹'하는 것이었다.

"유기체를…… 무슨 수로 해킹한다는 겁니까?"

"몇 해 전, '언니들' 중 한 명이 나를 찾아왔어. 처음엔 깜짝 놀랐지. 나와 똑같이 생긴 사람이 갑자기 나타나서는 내 진짜 정체를 말해주겠다니까. 그 언니는 자기가 만든 프로그램으로 내가 아빠라 믿어왔던 파파를 해킹해서 본인의 말을 증명했어. 그리고 나를 둘러싼 것들이 모두 거짓과 기만이고, 내 존재는 장기를 빼앗기기 위해 만들어진 클론이라는 진실도 알려주었고."

모든 것의 시작은 우연이었다. 어떤 파파가 오류로 인해 감정을 갖게 되었고, 자신이 감시하고 있던 클론에게 연민을 느낀 나머지 감춰야 할 진실을 모두 털어놓은 것이다. 용궁주의 '심장'을 맡고 있던 그 클론은 자라나 해커가 되었다. 막강한 방비벽을 가진 카지노의 시스템을 깨트릴 정도로 뛰어난 도둑이 된 것이다.

"하지만 언니는 벽에 부딪혔어. 용궁주의 의료 안드로이드를 해킹할 수 있는 대단한 프로그램을 만들어냈음에도 정작 이곳 용궁까지 숨겨 올 방법이 없었거든. 왜냐하면 바로 너, 타르타루가라는 뛰어난 안드로이드를 마주하자마자 들킬 테니까."

그 말은 옳았다. 용궁주에게 위협을 가할 수 있는 모든 가능성을 차단하는 것이 타르타루가의 의무였다. 하지만 그는 카지노에서 코닐리오가 승승장구할 때도 소녀에게서 아무런 '위협'을 감지해내지 못했다.

그건 있을 수 없는 일이다.

"당연하지. 우리가 프로그램을 스무 개로 나누어 각자의 '장기'에 숨겨놓았으니까. 네가 결코 탐지하지 못하도록. 언니들이 하나씩 장기를 빼앗기고 목숨을 잃을 때마다 이곳의 의료 안드로이드들 속에는 분할된 프로그램이 젠가 블록처럼 쌓여나가고 있었던 거야."

"그 프로그램들이 서로 합쳐지면 무슨 일이 일어나는 겁니까."

"의료용 안드로이드 전부를 장악할 수 있어. 잠들어 있는 우리의 원수 용궁주의 몸을 멋대로 주무를 수 있는 권한이 생기는 거지. 원본과 복사본의 모든 장기를 배치할 수 있게 되고, 마음먹는다면 간과 심장뿐 아니라…… 두뇌까지."

그 과정에서 절대 빠질 수 없는 것이 바로 합쳐진 프로그램을 실행할 수 있는 시동 열쇠의 소유자였다. 모든 클론이 함께 나눠 갖고 있던 시동 열쇠를 사용하는 역할은, 누가 될지 미리 예상할 수 없지만 스무 번째 클론이 맡기로 했다.

"그렇게 당첨된 사람이 바로 나야."

클론들은 전부를 걸었다. 그 필사의 올 인이 지금의 대역전극을 일궈냈다.

용궁주의 몸을 빼앗은 코닐리오의 눈동자에서 눈물이 한 방울 흘렀다. 그제야 타르타루가가 갖고 있던 몇 개의 의문이 풀리는 듯 했다.

어째서 버킷리스트는 하나가 아니었나.

어째서 그녀는 아이스크림을 맛보지 않았나.

어째서 그녀는 높은 곳을 무서워하면서도 열기구에 올라야 했나.

어째서 자신을 살려달라는 말은 부탁이 아니라 '제안'이었나.

"말했잖아. 모두 함께 칩을 걸어준다면 승리할 수 있지 않겠냐고. 나는 언니들의 목숨으로 쌓아온 발판 위에서 살아남았어. 그래서 그들의 버킷리스트를…… 전부 들어주기로 한 거야."

그것은 오직 한 명의 소원 목록이 아니었다. 스무 명의 클론들이 각자 품고 있던 소원들을 코닐리오는 유산처럼 물려받은 셈이었다.

"그 입 닥쳐라! 감히 나를 능멸하고 멀쩡히 살아 나갈 수 있을 줄 아느냐!"

그때 잠자코 듣고만 있었던 용궁주가 움직였다. 코닐리오의 몸에 갇혀버린 용궁주가 의료용 안드로이드의 손에 들린 메스를 낚아챈 다음 날렵한 동작으로 그것을 던졌다. 메스가 날아가는 방향은 코닐리오의 목젖. 소름 끼치도록 군더더기 없는 일련의 동작들이었다.

하지만 신속하게 움직인 타르타루가가 간단히 엄지와 검지로 그 메스를 허공에서 멈춰 세웠다. 그러고는 주먹으로 움켜쥐어 찌그러트렸다.

용궁주는 상상할 수 없는 배신감을 얼굴에 드러냈다.

"네가……, 네가 어찌 그년을 지킨단 말이더냐!"

안드로이드는 침착하게 설명했다.

"저는 주인님의 생체 코드를 가진 자를 지킬 뿐입니다. 지금 제 등 뒤에 계신 분이지요. 그리고 당신은 제 주인의 생명을 위협했으니 대응하겠습니다. 방법은 즉각적인 배제로……."

"죽이면 안 돼! 그냥 묶어두기만 해."

용궁주를 향해 주먹을 쥐고 달려들려는 타르타루가를 막아선 것은 코닐리오의 목소리였다. 안드로이드는 그 명령에 따랐다. 용궁주는 전쟁 용사답게 반격하려 했지만 사이보그인 폴포 장군마저 한 방에 격퇴한 안드로이드를 당해낼 순 없었다.

"끄으윽. 이거 풀어라! 아무도 없느냐."

수술용 침대에 벨트로 꽁꽁 묶인 채 용궁주가 발악했지만 아무도 달려오지 않았다. 그들에게 명령을 내릴 폴포 장군이 기절한 상태이니까.

"주인님. 이자를 어떻게 할 생각이십니까."

코닐리오는 사뿐한 걸음걸이로 자신을 사납게 노려보는 용궁주에게 다가갔다. 그리고 생긋 웃어주며 앞으로 용궁주가 겪게 될 운명을 말해주었다.

"아무것도 안 해. 그냥 육지로 보낼 거야."

용궁주가 이를 바득바득 갈며 대꾸했다.

"나를 육지로 보내면 언젠가 복수하러 돌아올 것이다!"

"복수, 좋지. 하지만 그 전에 숙제들을 좀 하셔야 될 거야. 아마 상상도 못 하겠지. 지금 당신의 몸으로 내가 무슨 짓들을 저지르고 다녔는지."

순간 타르타루가는 코닐리오와 육지를 여행하는 과정에서 위반했던 크고 작은 법들을 떠올렸다. 야구 경기의 홈런볼을 훔친 경범죄는 차치하고서라도, 거대 도축 기업의 사유물인 돼지들을 탈출시켰다. 카지노를 해킹으로 턴 것도 모자라 경찰 안드로이드 부대를 전멸시키기까지 했다.

충분히 '사형'을 언도 받을 수 있는 흉악한 테러범이나 다름없다.

"우리가 서로 교환한 장기에는 뇌뿐만이 아니라 간도 포함돼 있어. 허구한 날 술을 퍼마시며 망가뜨린 그 간으로 얼마나 열심히 도망칠 수 있을지는 모르겠네. 그러니 있는 힘껏 달아나야 할 거야. 거부할 수도, 저항할 수도 없는 예정된 죽음이 존재한다는 기분. 당신도 느껴봐야지? 안 그러면 먼저 떠나가버린 내 자매들이 너무 억울하니까."

용궁주의 동공이 처음으로 흔들렸다. 협박의 내용보다는 그 서슬 퍼런 기세에 눌려버리고 만 것이다.

코닐리오가 용궁주의 코앞에 얼굴을 들이댔다.

"육지에서 난 어딜 가도 죄수였지만, 이제 이 바닷속에서 난 어딜 가도 '왕'이야."

그 광경을 지켜보고 있던 타르타루가가 문득 생각난 듯 읊조렸다.

"주인님."

"응?"

"사과드릴 것이 있습니다. 제가 주인님의 몸이 바뀔 것을 예상하지 못한 채 마지막 버킷리스트를 불태워버리고 말았습니다."

잠시 멍한 표정을 짓고 있던 코닐리오는 곧 파안대소하고 말았다.

"무슨 소릴 하는 거니. 방금 전에 그걸 이뤘잖아."

작전을 성공시킨 막내 클론은 자신의 가슴에 손을 얹었다.

"비로소 나는 언니들과 한집에서 살게 된 거야."

안드로이드에게 비유는 역시 어려운 것.

"소원은 그게 끝이 아니었습니다. 행복하게 사는 거였습니다만."

코닐리오가 고개를 끄덕였다.

"그래. 죽을힘을 다해 행복해질 테야. 일단은 이 용궁 주변을 한 바퀴 돌아보고 싶어. 아직 육지에 있을 동생들을 데리고 오려면 새 둥지를 살펴야 하잖아? 타르타루가, 아까 작별하기 전에 내가 했던 말 기억하지? 다시 태어난다면 그때도 나를 너의 등에 태워주겠냐는 말."

그녀의 말을 경청하고 있던 타르타루가는 천천히 무릎을 꿇었다.

"언제든 주인님을 태워드리겠습니다."

10.

"상어가 쫓아오는데?"

"아는 녀석입니다. 걱정 마십시오. 절 알아보면 가까이 다가오지는 못할 겁니다."

"하하. 행복한가 봐? 타르타루가."

"네? 무슨 말씀이신지."

"너 지금 웃고 있거든. 어깨를 들썩였어."

"제게 그런 기능은 탑재되어 있지 않습니다. 혹시 모르는 사이 절 해킹하셨습니까?"

"후훗. 아니. 어쩌면 네 기분이 그 주인의 기분에 따라 달라지는 건 아닐까. 지난번 주인이 네게 웃을 만한 일을 안 줬나 봐. 반면에 네 새 주인은 지금 무척 행복하거든. 바닷속을 헤엄치는 일이 이렇게 즐거울 줄이야."

"그렇습니까. 다행입니다."

그 뒤로 한동안, 아무런 말 없이 안드로이드와 주인은 천혜의 물길을 헤치며 앞으로 나아갔다.

바다는 지금껏 타르타루가에게 아무 말도 속삭이지 않았

다. 인간의 고향이 바다이고, 안드로이드의 고향은 인간의 손이니, 결국 바다 역시 안드로이드에게 어떤 감흥을 주어야 하는 것이 아닌가 생각해본 적이 있었지만 그의 청각 센서에 바다가 입력해주는 것은 물살이 재잘대는 소리뿐이었다.

그런데 어쩌면 이번에는 바다가 들려주는 이야기가 그의 청각 센서에 와 닿을지도 모른다는 기대가 생겼다.

그 기대감이,

전투형 안드로이드 T-30973, 코드명 타르타루가에게 최초로 생긴 감정의 이름표였다.

작가의 말

임태운

'별주부전'은 의외로 고루하지만은 않습니다. 특히 육지와 바다가 서로 살기 좋은 곳이라며 거북이와 토끼가 설전을 벌이는 장면은 가히 〈쇼미더머니〉의 디스전을 방불케 하는 버라이어티한 랩 배틀입니다. 그 대칭성이 주는 재미가 안드로이드와 인간의 그것과 놀랍도록 비슷하지요.

배달을 위해서라면 무엇이든 할 수 있는 살인 병기. 그리고 그 살인 병기의 배달품이 된 영특한 소녀. 그것은 아주 오래전부터 풀어내보고 싶은 이야기였습니다. 이번 앤솔러지에 참여하게 되었을 때 가장 먼저 떠오른 모티프가 바로 '별주부전'이었고 자연스레 용궁주의 명령을 받드는 안드로이드와 간을 빼앗길 운명에 처한 클론 소녀가 제 마음을 노크했습니다.

옛이야기 속 거북이와 소설 속 안드로이드는 제대로 된 주인을 만나지 못했습니다. 하지만 이 이야기는 제대로 된 지면을 만나게 되어 기쁘게 생각합니다. 버킷리스트를 이루기 위한 둘의 모험을 그리면서 작가가 흥겨웠던 만큼 독자들도 재미를 느꼈기를 바랍니다.

늘 싱싱한 재미를 배달하기 위해 이야기의 바다를 헤쳐나가는 거북이처럼 살겠습니다. 감사합니다.

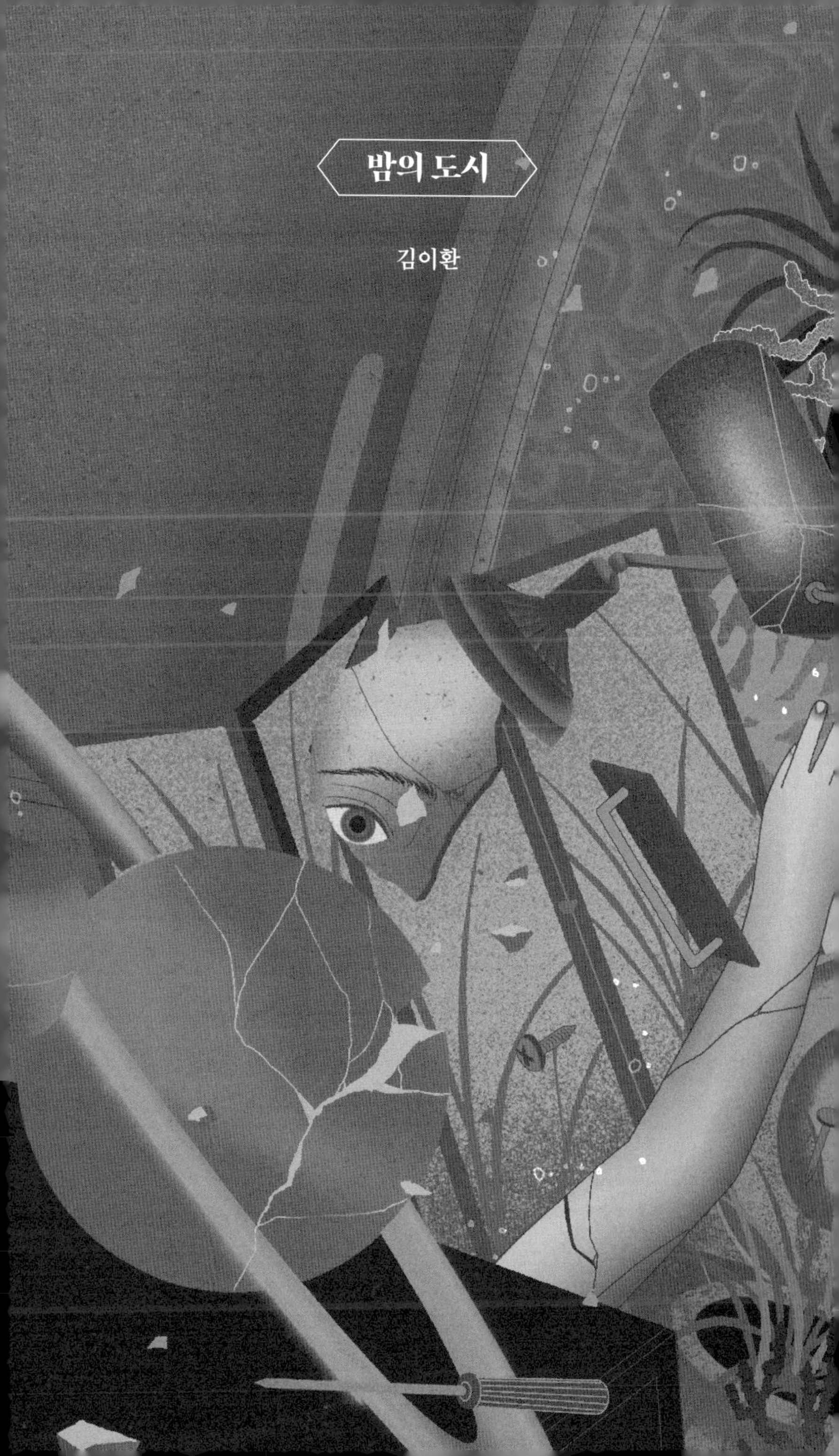

밤의 도시

김이환

우주철이 멈추자, '밤의 도시'를 찾아온 관광객들이 하나 둘 내렸다. 들뜬 관광객 중에는 인간도, 외계인도, 로봇도 있었다. 로봇들은 우주복을 입고 있지 않았고, 도시의 공기와 중력이 익숙하지 않은 외계인들은 신체를 보호하는 우주복을 여전히 입고 있었다. 인간들은 입었던 우주복을 우주철에 반납하고 내렸는데, 혼자 밤의 도시를 찾아온 중학생 남자아이 럭키 역시 우주복을 반납한 인간 중 하나였다.

관광객들이 우주철 역을 가득 채우자 역에 모인 밤의 도시의 학생들이 선생님의 지휘에 맞춰 노래를 부르기 시작했다. 밤의 도시의 전등 축제를 위해 그동안 준비한 노래로, 도시의 아름다운 야경을 묘사하는 은은한 곡조의 노래였다.

예쁜 옷을 차려입고 즐겁게 웃으며 노래하는 아이들을 보고 관광객들도 기뻐하며 같이 사진을 찍고, 아이들이 들고 있는 기념품을 기꺼이 구매했다. 하지만 럭키는 기념품 가판대를 몇 군데 둘러보다가 바로 흥미를 잃고 우주철 역 밖으로 나왔다. 그는 흔한 기념품보다 더 가치 있는 유물을 찾고 있었다.

역 밖으로는 수천수만 개의 화려한 전등이 곳곳에 켜진 아름다운 야경이 펼쳐져 있었다. 오닐 실린더 구조의 우주선은 많지만, 밤의 도시는 다른 어느 곳과도 달랐다. 크기가 작고 정말 오래된, 그것도 최초의 오닐 실린더 세대 우주선이었다. 모양은 다른 오닐 실린더 우주선과 마찬가지로, 둥그런 드럼통이 옆으로 누워 있는 형태였다. 드럼통의 벽이 도시의 땅이었고, 양옆으로 둥글게 휘어져 올라간 땅은 위에서 만나고 있었다. 중앙에 위치한 인공태양이 꺼져 있어서 도시는 어두웠다. 대신 수많은 조명이 도시를 밝히고 있었다. 땅 위에는 크고 작은 건물이 있었는데 그곳에 켜진 전등이 밤의 도시의 둥근 벽면 전체를 따라 마치 밤하늘의 별처럼 빛났다. 밤의 도시 거주민은 한 해의 어느 날 밤, 손수 만든 전등을 켜고 소원을 빌면 이뤄진다고 믿었고 이 야경은 그 소망이 만든 예술 작품이었다. 밤의 도시의 야경 같은 멋진 야경은 처음이라고 럭키는 생각했다.

우주철 역 주변에는 아직 사람이 많이 살고 있었지만, 우주선 뒤쪽으로 갈수록 사람이 살지 않아 버려진 건물의 숫자가 늘어났고, 그곳이 바로 럭키가 가려는 폐허였다.

관광객들이 역을 빠져나가고 도시로 이동하자, 아이들의 노랫소리가 점점 작아졌다. 텅 빈 기차가 역을 떠나자 노래는 완전히 멈췄고, 아이들이 떠드는 소리가 들렸다. 그들은 다음 기차가 도착할 때까지 그렇게 있을 것이다. 럭키는 스마트 워치를 통해 도시와 주변의 지도를 확인했다. 폐허의 지형은 명확하지 않았다. 밤의 도시에 대한 조사가 충분하지 않아 아직 데이터가 불완전한 탓도 있었고, 폐허가 위험한 장소이기 때문에 출입금지 구역이 되어 아예 지도에 표시하지 않는 이유도 있었다.

"폐허에 들어가야 하는데……."

럭키는 지도를 보며 역을 나와 길을 따라 내려갔다. 역 앞 시장에는 기념품이나 먹을 것을 파는 가게와 가판대가 죽 늘어서 있었다. 관광객뿐 아니라 방금 노래를 부른 학생들도 가판대 앞에서 구경하거나 뭔가를 사 먹고 있었다. 하지만 럭키에게 중요한 건 시장 중심의 커다란 홀로그램 지도였다. 역 앞에 있는 밤의 도시 전도를 보면서 어느 방향으로 가야 폐허에 빨리 갈 수 있는지 고민했다.

등 뒤에서 학생들이 시끄럽게 떠드는 목소리가 들렸다.

"나도 전등이나 만들고 있었으면 좋았을 텐데. 노래하기 싫어. 전등 만드는 애들 부럽다. 다들 미리 만들어놓고 밖에서 놀고 있을 거야."

역에서 합창하던 여자아이들이 잠시 쉬러 나온 것 같았다.

"우리는 합창부니까 할 수 없잖아. 몇 개월 동안 노래 연습을 하는데 절대로 조명 만드는 일을 주진 않지. 그리고 너 노래 안 부르고 입만 벙긋거리는 거 내가 다 봤어."

누군가의 핀잔이 이어지자 아이들의 웃음소리가 터졌다. 그때 아이들의 목소리 사이로 외계인의 목소리가 들렸다. 정확히는, 우주복에 달린 통역기로 통역한 목소리가 들렸다. 럭키가 돌아보니 외계인이 사람에게 길을 묻고 있었다. 그러자 아이들은 대화를 멈추고 친절하게 대답했다.

"여기서 가까운 곳이에요. 직접 안내해드릴까요?"

외계인이 아이들의 안내를 받아 길을 찾아가는 것을 보면서 럭키는 생각에 잠겼다. 혹시 폐허로 가는 길도 안내받을 수 있을까? 사람, 특히 외부인의 출입이 금지된 곳이었지만, 그래도 몰래 들어가는 길을 들을 수 있을지도 모른다. 이곳 거주민은 인공지능도 알려주지 않는 길을 알고 있을 수도 있었다.

"저……. 길을 좀 묻겠……."

럭키가 물어보려는데, 학생들이 그의 말을 듣지 못했는지 그냥 가버렸다. 많은 사람이 오가는 곳이라서 시끄럽기도 했고, 낯선 사람에게 말을 걸려니 쉽게 말이 나오지 않았다.

그런데 생각도 못 한 대답이 뒤에서 날아왔다.

"폐허로 가면 안 돼."

돌아보니, 전등을 만들고 싶다고 불평하던 그 아이였다. 방금 노점에서 샀는지 캔 음료를 손에 들고 마시고 있었다. 다른 아이들과 똑같은 옷차림이었는데, 가슴에 단 붉은 브로치가 눈에 띄었다.

"폐허로 들어가는 건 금지야. 함부로 들어가면 위험해. 잘 모르는 곳에 갔다가 길이라도 잃어버리면 어쩌려고 그래?"

"내가 폐허로 가려는 건 어떻게 알았어?"

"아까부터 지도를 뚫어지게 보면서 길을 찾고 있었잖아."

그렇게 티가 났나, 럭키는 쑥스러운 기분을 감추고 대답했다.

"응……. 그게……. 에세이를 쓰려고. 폐허에 있는 오래된 문명에 관한 자료를 수집하고 에세이를 써서 대학에 갈 거야."

"자료라면 인터넷이나 도서관에 많이 있잖아. 그런데 굳이 여기까지 찾아온 거야? 뭐 얼마나 대단한 에세이를 쓰려고?"

뭐 하러 힘든 일을 사서 하냐는 듯한 표정이어서, 럭키는 얼른 반박했다.

"그냥 에세이가 아니라 대학 입시에 쓸 에세이라니까. 나한테는 중요한 일이야. 중학교 2학년이 대학에 가려면 기존에 없던 자료 정도는 갖춘 에세이가 필요하니까."

"내 이름은 루비야."

그녀가 말했다.

"왜 중학생이 전등 축제에, 그것도 혼자 왔나 했더니. 우주철에서 내릴 때부터 눈에 뜨이더라. 분명 관광객은 아니고, 그렇다고 폐허의 유물을 주워 가려는 것도 아닌 것 같고. 사실은 에세이 때문에 온 거군. 네 이름은 뭐야?"

"내 이름은 럭키야."

루비가 이상한 이름이라면서 웃기 시작해서 럭키는 화가 났다.

"우리 도시에서는 흔한 이름이야."

"폐허라면 내가 얼마든지 안내할 수 있어. 자주 가거든. 어렸을 때부터 돌아다녀서 길은 눈 감고도 찾을 수 있어. 물론 대가가 있어야지. 그것도 현금으로. 현금으로 선불 아니면 안내 안 해."

"이 정도면 충분해?"

럭키가 미리 준비한 금화를 배낭에서 꺼내어 건네자 루비가 입을 떡 벌렸다.

"우와, 너 같은 애는 정말 처음 본다. 금을 가지고 다니는 사람이 다 있다니. 도대체 얼마나 폐허에 들어가고 싶었던 거야? 준비가 철저하니 그건 마음에 든다."

금화를 홱 낚아채 주머니에 넣더니 먼저 걷기 시작한 루비가 말했다.

"나를 만나서 다행이다. 어른에게 부탁했다면 금만 받고 제대로 안내해주지 않았을 거야. 가자."

폐허에 얼마나 깊숙이 들어갈 수 있는지 물었지만, 루비는 대답 없이 그대로 성큼성큼 앞장서서 걸었다. 사람들이 북적이는 역 앞을 지나 도시로 다가갔을 때 럭키가 예상하지 못한 곳에서 문제가 일어났다.

"나 자전거 탈 줄 몰라."

루비가 폐허까지 가려면 거리가 머니까 자전거를 타자고 했는데, 럭키는 자전거를 타본 적이 없었다. 럭키네 도시에서 자전거는 운동할 때 타는 것이지 이동 수단은 아니었다.

"자전거도 못 타면 폐허를 어떻게 다니려고? 자전거도 폐허 입구까지밖에 못 가. 그 안에서는 걸어서 다녀야 해. 무슨 생각으로 여기에 온 거야? 인공지능이 운전하는 택시가 너를 기다리고 있을 줄 알았어?"

"나도 그 정도는 알아. 하지만 자전거를 탈 줄은 몰랐어. 그뿐이야."

무시당했다는 생각에 화가 나서 럭키는 투덜댔다. 어쨌든 럭키는 자전거를 탈 줄 모르기 때문에, 결국 루비가 앞에 타고 럭키가 뒷좌석에 앉아 루비의 허리를 잡는 수밖에 없었다. 힘들다고 투덜거리면서 루비가 페달을 밟았고 자전거는 느리게 앞으로 움직였다. 느린 건 둘째치고, 자전거는 탑승객이 가고 싶어 하는 위치를 찾아주지도 않았다. 길은 자전거를 운전하는 사람이 직접 찾아야 했다. 처음에는 불편했지만, 타고 달리다보니 신기했다. 나중에는 여행객 인파 사이를 요리조리 피해 달리는 루비의 자전거 모는 솜씨에 감탄하며 신나기도 했다. 이 경험을 에세이에 어떻게 추가할지, 자전거 뒷좌석에 앉은 럭키는 고민했다.

자전거를 타고 우주선의 앞쪽에서 뒤로 갈수록 도시는 사라지고 폐허에 가까워졌다. 원래는 우주선 전체가 도시였지만 뒤쪽에 살던 사람들부터 점차 도시를 떠나면서 폐허로 남은 것이다. 지금은 우주선 앞쪽, 다른 우주선이 출입할 수 있는 우주철 역 근방에만 사람들이 살고 있었다.

도시와 폐허의 경계에 도착하자 낡은 철조망이 자전거를 가로막았다. 럭키와 루비는 자전거에서 내려서 철조망 너머의 과거 문명을 바라보았다. 멀리 폐허 위 허공에 희미하게 빛을 내는 인공태양이 있었다. 지구의 태양을 흉내 낸 조명이었지만 지금은 빛을 내지 않았다. 인공태양의 주변으로 옅은 구름이 움직이고 있었다. 밤의 도시는 회전 때문에 중력이 생기므로 가운데로 올수록 중력이 약해졌다. 럭키는 중력이 다른 공간에서는 새가 어떻게 나는지 보고 싶었지만 늘 밤인 곳이니 잘 보이지 않았다.

인공태양을 올려다보는 럭키에게, 루비가 침울한 목소리로 말했다.

"저것 때문에 우리가 전등 축제니 뭐니 하는 거야."

인공태양이 켜지지 않는 건 럭키도 알고 있었다. 아주 오래전, 우주선 안에서 문명이 태어났다가 쇠퇴하고 다시 발전하기를 반복하던 중 인공태양이 고장 났고, 태양 없이 오랫동안 살아온 사람들이 어둠에 적응해서 이제는 고치지도 않는 것이었다. 이 도시는 태양이 없는 대신 다양한 전등이 발달했다. 수많은 전등이 어우러진 아름다운 야경이 밤의 도시의 개성이 된 지금은 인공태양을 고치면 안 되는 상황이 온 것이다.

루비가 말했다.

"폐허 깊이 들어가면 다칠 수도 있고 길을 잃을 수도 있어. 각오는 돼 있어?"

"물론이지. 나는 꼭 폐허로 들어가서 인공태양에 가까이 가서……."

"이봐, 학생들."

덩치 큰 외계인이 어둠 속에서 말을 걸었다. 나무 그림자 안에 있을 때는 빛나는 눈동자만 보여서 무서웠는데, 밖으로 나오니 익숙한 모습의 호랑이 외계인이었다. 호랑이와 인간의 유전자를 합성한, 외모는 호랑이지만 인간처럼 말을 하고 두 다리로 걷는 외계인이었다. 하지만 그들은 스스로를 인간이라고 생각했기 때문에 외계인이라고 부르면 무척 싫어했다.

그런데 루비가 퉁명스럽게 말했다.

"호랑이 외계인이 여기는 무슨 일이에요?"

"나는 외계인이 아니라 인간이야."

호랑이 외계인은 말했다. 루비는 그러거나 말거나,라는 표정으로 여기서 뭐 하냐고 다시 물었고, 호랑이 외계인이 답했다.

"너희들 폐허로 들어갈 거지?"

"그런데요?"

그러자 호랑이 외계인이 목소리를 낮춰 말했다.

"밤의 도시에 관광 온 기념으로 기념품을 가져가려는데 마땅한 게 없어서 말이야. 빛나는 돌을 구해주겠어?"

"그게 뭐 대단하다고 구해달라고 해요? 그냥 야시장에 가서 사세요."

"다 떨어졌던걸."

호랑이 외계인이 시장을 다 돌아다녀도 못 샀다고, 그래서 여기까지 왔다고 했다. 빛나는 돌은 밤의 도시에서 인기 있는 기념품인데 최근 물량이 줄어들어서 구하기 힘들었다. 루비가 대답했다.

"갈수록 양이 줄고 있긴 해요. 게다가 오늘 관광객이 많아서 일찍 다 팔렸나 보죠. 알았어요, 들어가서 빛나는 돌을 구해서 가지고 나올게요."

호랑이 외계인이 가방에서 돈을 꺼내주었다. 그리고 돌을 가지고 오면 지금 준 만큼 더 얹어주겠다고 했다. 루비가 거래를 하며 능숙하게 만날 장소나 시간을 정하는 과정을 보며 럭키는 감탄했다.

"왜 폐허로 직접 들어가서 구하지 않아요?"

럭키가 묻자 호랑이 외계인이 웃었다.

"먼지 날리는 폐허에 뭐 하러 들어가? 돈을 내고 저녁 먹고 구경하다가 한두 시간 후에 약속 장소에서 기다리면 그만이야. 이봐, 학생, 너 도끼는 가지고 있지?"

호랑이 외계인이 묻자 루비가 주머니에서 도끼를 꺼내 들고 흔들었다. 손가락으로 오케이 표시를 한 호랑이 외계인은 어슬렁어슬렁 가버렸다. 걸음을 따라 흔들리는 꼬리도 어둠 속으로 사라졌다.

럭키의 시선은 루비가 들고 있는 작은 도끼에 박혀 있었다.

"여기 사람들이 가지고 다니는 도구야. 용도는 도끼지만 다른 장치도 많이 있어. 위급하면 경찰을 부를 수 있고, 불도 피울 수도 있고, 손전등도 돼."

도낏자루에 달린 버튼을 누르자 도끼날에서 빛이 나와 주변이 환해졌다. 루비는 자전거를 나무에 묶은 다음, 철조망의 허술한 곳을 찾더니 도끼로 내리쳤다. 루비가 철조망에 구멍을 만들고 안으로 들어가자 뒤를 따라가던 럭키도 뭔가 자랑하고 싶은 생각에 총을 꺼냈다.

"나는 총이 있어."

호신용 광선총을 본 루비의 얼굴에서 처음으로 시큰둥한 표정이 사라지더니 감탄했다.

"우와, 이걸로 사람 죽인 적 있어?"

"뭐? 아니야. 이건 맞으면 죽는 총이 아니야. 맞으면 그냥 따끔하면서 움직임만 느려져. 그사이 도망치는 거야."

"시시하네."

루비는 다시 시큰둥한 표정이 되어 앞장섰고, 럭키도 말없이 뒤를 따랐다.

럭키는 낯선 사람과 함께 어둡고 아무도 없는 폐허를 걸었지만, 무섭다는 생각이 들지 않았다. 오히려 오고 싶었던 폐허에 들어와서 흥분으로 가득 찼다. 낡은 건물과 버려진 시설을 자세히 관찰하고, 쓰고 있는 안경의 녹화 기능을 켜서 영상으로 담았다. 루비는 럭키의 옆에서 잠자코 따라가면서 노래를 흥얼거렸다. 학생들이 우주철 역에서 불렀던 그 노래였다.

럭키는 그녀에게 말을 걸었다.

"너 역 앞에서 그 노래 불러야 하는 거 아니야? 마음대로 혼자 돌아다녀도 돼?"

"이따가 돌아가면 돼. 한 시간쯤 자리 비운 건 선생님도 모를 거야. 더 길어지면 문제겠지만."

"문제가 생기면 어떻게 되는데?"

"글쎄? 아마 퇴학당하지 않을까? 모르겠어."

럭키는 루비가 아무렇지도 않게 대답해서 놀랐다. 대학에 일찍 들어가려고 애쓰는 럭키에게 학교에서 퇴학당할지도 모른다는 건 무척이나 두려운 일이었다. 그런데 루비는 아무렇지도 않은 걸까?

"축제가 싫어. 노래도 싫고, 관광객 안내도 싫고, 밤늦게까지 선생님하고 어른들이 하라는 대로 자질구레한 일 하기도 싫고. 학교는 학교대로 다니고, 밤에는 잡일하고, 이게 뭐 하는 건지 모르겠어."

화난 표정으로 떠들던 루비가, 럭키를 돌아보더니 말했다.

"폐허에 오는 건 괜찮아. 무너진 문명의 물건을 주워다가 기념품으로 팔면 벌이가 괜찮거든. 아이들이 용돈 벌이로 주로 해. 어른들은 자기 일 하느라 바쁘니까 안 들어오거든. 하지만 정작 관광객이 많이 오는 야경 축제 기간에는 전등을 만들거나 역 앞에서 멍청하게 노래를 부르느라 폐허에 올 시간이 없어. 오늘은 들어와서 다행이야. 돈도 많이 벌었고."

루비의 말을 들으며, 럭키는 에세이의 초안을 머릿속에서 정리해보았다. 폐허를 드나드는 아이들, 폐허의 풍경과 버려진 물건들, 그리고 새로운 문명을 발견하기까지의 내용을……. 그런 식으로 서론에서 흥미를 끌고 본론에는 멸망한 문명을 둘러본 이야기를 쓰면 좋을 것 같았다.

루비는 말했다.

"환한 낮이 있는 도시에 얼른 가보고 싶어."

"낮이 있는 곳에 한 번도 가본 적이 없어?"

깜짝 놀란 럭키가 되물었다.

"응."

루비의 대답을 들은 럭키는 더 놀랐다.

"그럼 평생 밤 속에서만 살았다는 거야?"

"응. 다른 아이들은 부모님과 함께 가끔 낮이 있는 도시로 놀러 갔다 오곤 하는데 나는 아직 가본 적 없어. 네 생각에도 끔찍하지? 그렇다고 말해. 아니라고 말했다간 화낼 테니까."

"그건 그래……. 하지만 우주의 모든 도시는 각자 개성이 있으니까. 밤의 도시도 그렇고, 내가 사는 도시도 그렇고……."

인류가 처음 우주로 진출할 때, 새롭고 다양한 환경의 행성들과 마주쳤다. 인류는 사뭇 다른 환경에 적응하기 위해 새로운 문화와 가치관을 만들어야 했다. 밤의 도시가 빛이 사라진 채로 살아왔듯이 말이다. 그래서 인류는 도시마다 다른 문화를 서로 존중하자고 합의했고, 다양한 문화의 도시가 우주 전역에 남았다. 밤의 도시는 태양이 꺼진 어두컴컴한 풍경이 도시의 개성이었고, 그래서 관광객도 많이 오는 것이다.

"너도 어른들하고 똑같이 말하는구나."

루비는 퉁명스럽게 말했지만, 화를 내진 않았다. 그리고 바닥을 둘러보며 '여기 어디서 많이 봤는데'라고 중얼거리기 시작했다.

"찾았다."

루비가 바닥에서 흰색 조약돌을 주워 럭키에게 보여주었다. 바닥을 보니 크고 작은 돌멩이들이 흙 위에서 옅은 빛을 내뿜고 있었다. 럭키도 돌을 하나 주워서 만져보았다. 표면이 딱딱하지 않고 말랑말랑한 느낌이 들어서 신기했다. 안경을 이용해 이 모습을 동영상으로 기록하고 정보를 검색했다. 안경과 연결된 컴퓨터가 인터넷을 검색하더니, 밤의 도시에서 기념품으로 팔리는 '빛나는 돌'이라고 검색 결과를 알려주었다. 하지만 그 이상의 자세한 정보가 없었다.

나머지는 루비가 설명했다.

"인공태양에서 떨어진 거야. 빛을 내는 외장재가 인공태양의 외부를 둘러싸고 있거든. 인공태양이 고장 나면서 외벽이 부서지고 땅으로 떨어졌어. 그게 오랜 세월 동안 물과 바람에 깎여서 둥글게 다듬어진 거야. 그러니까…… 사실 그냥 쓰레기지. 단지 은은하게 빛을 내기 때문에 예쁘게 보여서 기념품으로 많이 팔려. 예전에는 수도 없이 있었는데 기념품으로 하도 잘 팔려서 수가 줄고 있어."

설명을 마친 루비가 럭키에게 말했다.

"언젠간 없어지겠지. 몇 개 더 챙겨. 너도 기념품으로 가져가야지."

"나는 이런 것보다 더 중요한 유물이 필요해."

럭키는 대답했다.

"이전엔 다룬 적 없는 정보가 필요해. 이를테면 밤의 도시 현재의 인간 문명 이전의 로봇 문명이나, 아니면 그 전 22세기에 처음 인류가 우주 진출할 당시 문화의 유물이라든가."

그러자 루비가 웃기 시작했다.

"22세기의 유물? 500년 전 물건을 어떻게 찾아. 그런 건 다 먼지가 돼서 사라졌을걸."

"아니야. 분명 있을 거야."

"꿈도 크다."

럭키는 어딘가 중요한 유물이 있을 거라고 우겼고, 루비는 '밤의 도시에 살지 않아서 상황을 잘 모르는 거'라고 충고하면서 둘은 옥신각신 다퉜다.

이후의 길은 더욱 쉽지 않았다. 폐허로 깊이 들어갈수록 장애물이 늘어났다. 길 위에 쌓여 있는 돌 더미를 넘어가거나, 무너져가는 벽 아래로 허리를 굽혀 통과했다. 멀리서 새와 짐승 우는 소리도 간혹 들렸다.

루비가 말했다.

"너는 밤의 도시 역사에 대해서 잘 알겠다? 에세이까지 쓸 생각이라면 말이야. 나보다 더 잘 아는 거 아냐?"

"대충은 알아."

그러자 루비가 시큰둥하게 말했다.

"밤의 도시가 뭐가 좋아서 에세이까지 쓴다는 거야? 나는 꼴도 보기 싫은데."

"과거의 모습이 있어서 마음에 들었어. 인류가 처음 우주로 진출하던 때의 모습이 아직 남아 있는 곳이니까. 밤의 도시는 첫 번째로 지구를 떠난 세대 우주선이잖아. 역사적으로 가장 가치 있는 세대 우주선이야. 대학에 가면 밤의 도시처럼 오래된 세대 우주선의 역사를 연구할 거야."

"세대 우주선에 관심 있는 아이는 처음 본다."

루비가 말했고, 그녀의 말에 럭키가 대답하면서, 조용한 폐허에 두 사람의 목소리가 울렸다.

"지금은 우주선으로 며칠이면 가까운 별에 갈 수 있지만, 예전에는 몇만 년씩 걸렸잖아. 그래서 도시 하나를 우주선에 싣고, 여러 세대에 걸쳐서 우주를 몇만 년 동안 날아가다 보면 목적지에 도착한다는 판단에 만든 우주선이 세대 우주선이고. 우주철만 타면 금방 다른 별로 갈 수 있는 요즘에는 상상하기 어려운 개념이지. 처음 지구를 떠날 때는 밤의 도시 인구가 30만 명쯤 됐는데, 지금은 다들 도시를 떠나고 다른 별로 가서 2만 명쯤 된다고 들었어."

"지금은 더 줄어서 2만 명 약간 안 돼."

루비가 말했다.

"우주선은 지구처럼 인간이 살기 적합한 행성을 향해 2만 년 동안 날아갈 계획이었어. 그리고 많은 일이 있었지. 문화가 번성했다가 쇠퇴하고 인류가 단체로 냉동 수면에 들어가서 로봇만 남기도 하고, 로봇의 문화가 번성했다가 다시 사람들이 깨어났고……. 그렇게 500년쯤 날아갔을 때 우주철을 만났어. 우주철에서 내린 사람들이 그동안 지구에서 무슨 일이 일어났는지를 설명해줬는데, 세대 우주선이 날아가는 동안 지구의 과학기술이 발달해서 더 빠른 우주선인 우주철이 개발됐고, 우주철들이 지구를 출발해서 우리 우주선을 따라잡았던 거야. 나중에 출발한 우주철이 우리 우주선이 도착할 목적지에 이미 도착했을 뿐 아니라 더 멀리까지 갔다는 소식도 들려줬어. 이후로 다른 우주철도 계속해서 도착했는데 지구에서 떠난 지 며칠 안 된 우주철도 있었어. 그만큼 우주여행이 쉬워진 거지. 인류 최초의 세대 우주선인 우리 도시는 목적지로 갈 필요도 없어져서 그저 우주를 느린 속도로 방황하는 낡은 우주선이 됐지. 대부분의 도시 사람들이 우주선을 떠나서 더 좋은 도시에 갔어. 남은 사람들은 낡은 도시를 관광 상품으로 만들어 '밤의 도시'라고 불렀고……. 밤의 도시는 여전히 목적지로 날아가고 있어. 정말 웃기는 이야기지?"

"오히려 멋진 이야기인걸. 신기하지 않아? 우리가 그 역사 속에 있다는 게. 그렇게 사람들이 떠나고 남은 폐허를 우리가 걷고 있는 거야. 우리도 진행하는 역사의 일부분인 거야. 신기하지 않아?"

"그런가?"

루비와 럭키는 도시의 역사에 대해 대화를 주고받으면서 계속 앞으로 나아갔다.

두 사람은 낡은 건물 앞에 도착했다. 럭키도 자료로 여러 번 접해서 잘 알고 있는 장소였다. 루비가 설명했다.

"'로봇의 집 박물관'이야. 럭키 너도 잘 알고 있지? 밤의 도시에는 로봇들만의 문화가 번성한 적이 있어. 그때 로봇들이 살던 집이야."

세대 우주선이 우주로 떠나고 몇천 년이 지났을 때, 우주선의 모든 사람이 단체로 냉동 수면에 들어갔다. 긴 우주선 생활에 지쳤다는 것이 그 이유였다. 냉동 수면으로 잠들어 있다가 목적지에 도착하면 일어나겠다며, 다들 오랜 시간 냉동 수면 상태로 잠들 수 있는 캡슐을 만들어 그 안에 누웠다. 우주선 안에 큰 도시 형태의 사회를 만들어 우주를 여행하면 사람들이 여행에 지치는 일이 없을 거라 예측했던 과학자들에게 충격적인 사건이었고, 럭키 역시 이 사건을 다룬 책을 많이 읽었다. 인간들은 로봇에게 우주선 관리를 맡기고 잠들었고, 남은 로봇들은 텅 빈 우주선에서 자신들만의 문화를 만들었다. 그때 로봇이 살던 집을 박물관으로 만든 건물 앞에 럭키가 도착한 것이다.

집 주변에는 '중요한 문화재이니 들어가지 마시오' 푯말이 있고 낮은 담장으로 빙 둘러막혀 있었다. 럭키는 그것을 동영상으로 기록했다. 루비가 보란 듯이 푯말에 적힌 말을 무시하고 마당으로 들어가버리자, 럭키도 뒤를 따랐다.

"로봇이 집에서 살았다는 게 신기해. 이상하기도 하고."

"그게 뭐가 이상해?"

럭키는 설명했다.

"로봇은 집이 필요 없잖아. 그냥 짐짝처럼 창고에 들어가 있어도 되고, 아니면 그냥 일하는 장소에 있어도 되잖아. 그게 훨씬 편할걸. 인간을 흉내 낸 집을 만들고 거기서 사는 게 오히려 비효율적이잖아. 그런데 굳이 집을 만들어서 살았어."

"로봇 문화의 초창기였으니까."

우주선을 관리하던 로봇들은 처음엔 인간의 문화를 흉내 낸 문화를 만들었다. 집도 짓고 차도 타고 직장에 출퇴근해서 인간처럼 일하고 남은 시간에는 인간처럼 놀았다. 하지만 인간의 삶을 모사하는 것이 불편하다는 것을 깨달은 로봇들이 차츰 인간의 성격을 지운 자신들만의 문화를 만들었다. 이 집은 로봇이 자신들만의 문화를 만들기 전의 초창기 문화였고, 그래서 로봇들이 문화재로 보존한 것이었다. 이후의 인간들도 이 박물관을 그대로 남겨놓았다.

루비는 학교에서 야외 학습으로 가끔 찾아온다고 했다.

"집 안으로 들어가면 절대 안 된다고 가르쳐."

"왜?"

"언제 지붕이 무너질지 모르니까."

그렇게 말해놓고 루비는 문을 열고 태연히 집 안으로 들어갔다. 럭키도 안으로 들어가서 집을 촬영했다. 평범한 집 같지만, 자세히 살펴보면 로봇의 신체 구조에 맞춰서 그런지 어딘가 이상한 곳이 있었다. 전체적으로 물건도 공간도 작은 걸 보면 몸집이 작은 로봇이 살던 집인 모양이었다. 그리고 바퀴가 달린 로봇도 쉽게 들어올 수 있도록 거실이나 방에 장애물이 없다거나, 침대에 매트리스 대신 딱딱한 철판이 깔려 있다거나, 전기를 쉽게 충전할 수 있도록 적당한 위치에는 반드시 콘센트가 있다거나, 화장실이 없다는 것 등 인간의 집과 다른 부분이 많았다.

집을 둘러보던 럭키와 루비는 물끄러미 천장을 올려다보기도 했는데, 천장이 무너지진 않을 것 같았다. 무너질 듯 허술해 보이지도 않았다. 그냥 아이들이 집으로 들어오면 위험할까 봐 그런 말을 했을 거라고 럭키는 생각했다.

"네가 사는 도시에는 바다도 있어?"

한참 생각에 빠져 있을 때 루비가 갑자기 엉뚱한 질문을 하는 바람에 럭키는 생각에서 빠져 나와 대답하기까지 시간이 걸렸다.

"바다? 응, 바다 있어."

둘이 로봇의 집에서 나와 다음 목적지를 향해 걷는 동안 루비가 기운 빠진 목소리로 설명했다.

"밤의 도시 아이들은 보통 중학생이 되면 낮이 있는 곳에 여행을 다녀오거든. 하지만 우리 부모님은 고등학생이 되면 가라고 해서 기다리고 있어. 다른 친구들은 다 가봤는데……. 속상해. 얼마 전에는 친구가 이웃 도시의 해변에 다녀왔대. 해변은 정말 밝다면서? 해가 너무 밝아서 내내 눈을 보호하는 안경을 쓰고 있었대. 그렇게 밝아?"

"응. 해변……. 밝지. 눈을 보호하는 안경이라면 선글라스일 거야. 그거 쓰면 편하지."

럭키의 집 가까이에 해변이 있어서, 원할 때면 언제든 놀러 갈 수 있었다. 그에게 익숙한 풍경이 다른 도시 아이에겐 한 번도 본 적 없는 귀한 것이라니.

루비는 도대체 왜 이런 도시에 살아야 하는지 모르겠다는 말을 몇 번이나 했고, 럭키는 위로하려는 생각에 말했다.

"우주엔 워낙 다양한 모습의 도시가 있고, 밤의 도시도 마찬가지잖아. 다양한 도시에 다양한 사람이 살고 있으니까. 우리 도시는 나처럼 공부하려는 사람이 많지 않거든. 아까 그 호랑이 인간처럼 각자의 독특함을 살려야……."

"호랑이가 뭘?"

갑자기 누가 말을 걸어오자 루비도 럭키도 놀라서 걸음을 멈췄다. 루비는 얼른 도끼를 꺼내 들었고 럭키도 황급히 광선총을 꺼냈다. 호랑이 외계인이 어둠 속에서 튀어나와서 그들 주변을 빙빙 돌면서 외쳤다.

"유령을 봤어. 유령을 봤다고!"

둘은 횡설수설하면서 주변을 내달리는 호랑이 외계인을 진정시키려 애썼지만, 그는 도무지 달음박질을 멈추지 않았다. 럭키가 광선총을 쏴서 기절을 시켜야 하나 고민할 때쯤, 호랑이 외계인이 숨을 몰아쉬면서 주저앉더니 말했다.

"힘들어서 더는 못 뛰겠어."

"유령을 봤다니, 무슨 말이에요?"

루비가 묻자 호랑이 외계인이 벌벌 떨면서 대답했다.

"저쪽에서 분명 유령을 봤다니까. 그것도 그냥 유령이 아니라 로봇 유령이었어. 로봇 유령이 있더라니까. 로봇 유령을 봤어. 로봇 유령이……."

"로봇 유령이라니 그런 게 어딨어요."

럭키는 말했지만, 루비가 호랑이 외계인의 말을 믿는 눈치여서 당황했다. 호랑이 외계인이 숨을 헐떡이며 설명했다.

"로봇 유령 몰라? 인간 유령보다 더 무섭고 독하다고. 힘도 세고 기름 냄새를 풍기고……. 나사가 끼긱거리며 움직이는 그 기분 나쁜 소리에……. 어디선가 연기가 뿜어져 나오더니 갑자기 목소리가 들리는 거야. 나한테 누구냐고 해서, 인간이라고 대답했더니 아니라면서 버럭 화를 내는 거야. 그래서 정신없이 도망쳤어. 분명 로봇의 목소리였어. 사람 목소리는 아니었어. 너희는 모르지? 우리는 구분하거든. 호랑이 인간의 귀는 말이야, 인간과 로봇의 목소리를 구분할 만큼 예민해서……."

"알았으니까 진정하세요."

여전히 겁에 질린 호랑이 외계인이 잠시 쉬더니 다시 힘이 생겼는지 이리저리 날뛰기 시작했다. 루비와 럭키는 그가 다시 진정할 때까지 기다렸다가, 폐허에는 애초에 왜 들어왔냐고 물었다.

"빛나는 돌을 구하러 왔어. 시장에서 사려니까 없다고 해서. 들어오다가 길을 잃었는데 갑자기 로봇 유령이……."

다시 흥분하려는 호랑이 외계인에게 루비가 주머니에서 빛나는 돌을 꺼내 들이밀었더니, 호랑이 외계인의 눈이 휘둥그레졌다. 루비가 꽤 비싼 값을 불렀는데도 얼른 사서 주머니에 넣었다. 그리고 도시로 가는 방향을 알려주자 고맙다면서 천천히 걷기 시작했다. 긴장이 풀리면서 기운이 없어졌는지 터벅터벅 걸어가는 호랑이 외계인을 지켜보며 루비와 럭키가 말했다.

"무슨 로봇 유령을 봤다는 건지."

럭키가 어이가 없다는 듯 중얼거리자, 루비가 진지한 얼굴로 대답했다.

"로봇 유령은 실제로 있어."

"거짓말하지 마."

"진짜야. 로봇 문명은 사라졌지만, 로봇의 영혼이 남아서 떠돌고 있어. 그래서 인공태양으로 가면 안 된다는 거야. 거긴 로봇 유령이 있어."

루비는 로봇 유령은 죽지 않고 영원히 돌아다닌다느니, 사람을 만나면 산 채로 삼켜서 강철 위장으로 소화한다느니, 학교의 누가 폐허에 혼자 갔다가 봤다느니 하는 말을 늘어놓았다. 심지어 로봇 유령이 우는 소리를 채집하는 사람이 있었는데 그 사람이 어느 날 갑자기 실종됐다는 말도 했다. 럭키는 어이가 없었지만, 듣다보니 에세이에 쓸 만한 소재는 되지 않을까 싶어 잠자코 들었다.

루비가 물었다.

"너희 도시의 낮은 어때? 지구와 비슷해?"

"응. 지구와 같도록 설계했어. 하루는 24시간이고, 밤과 낮의 시간이 계절에 맞게 변해. 해와 달도 지구처럼 움직여."

"그럼 해가 동쪽에서 떠서 서쪽으로 지겠네? 멋지다. 너희 도시 이름은 뭐야?"

루비의 말에 한동안 대답을 망설이다가, 럭키가 말했다.

"나는 '남자의 도시'에서 왔어."

"뭐? 남자의 도시라면, 남자만 있어? 그래서 도시 이름이 남자의 도시야?"

"응. 도시에 남자만 있어."

"정말? 여자가 없어?"

"응."

"진짜?"

"응. 왜 그렇게 놀라?"

"여자가 한 명도 없어?"

"없다니까. 왜 그렇게 놀라는데?"

"여자가 없다니까 그렇지."

"어떻게 된 거냐면……."

럭키는 남자의 도시 역사를 천천히 설명했다.

"우리 도시도 너희 도시처럼 세대 우주선을 타고 온 사람이 만든 도시거든. 하지만 지구에서 출발할 때 사람이 타고 온 게 아니고, 수정란을 싣고 온 거야. 목적지에 도착하면 로봇이 인공 자궁에서 수정란을 기르고, 사람이 태어나는 시스템이었어. 그런데 세대 우주선 안에서 유행한 바이러스 때문에 여성인 수정란이 모두 감염되고 파괴되어서 남자만 태어났어. 그 남자들이 도시를 만들었고. 인공 자궁의 유전자 변형으로 이후로도 계속 남자들만 태어나다가 나중엔 아예 도시의 특징이 됐지. 좋은 특징인지는 모르겠지만."

남자의 도시 사람들은 다들 낙천적이고 쾌활하고 활동적

이었다. 럭키처럼 차분하게 공부하는 걸 좋아하는 사람은 많지 않았다. 그래서 조용히 공부할 수 있게 남자의 도시를 떠나 다른 도시의 대학에 들어가려 한다고 말하자, 루비가 어이가 없다며 말했다.

"너 정말 지루하다."

럭키는 화내고 싶었지만, 솔직히 지루하다는 말을 한두 번 들은 것이 아니었다. 루비가 말했다.

"다른 도시 아이들은 아무 불편 없는 줄 알았는데 아니구나."

루비는 그래도 여자가 없는 쪽보다는 낮이 없는 밤의 도시 쪽이 훨씬 더 불편하다고 말했다. 하지만 럭키 생각에는 낮이 없으면 불을 켜두면 되지만 여자가 없는 건 더 복잡한 문제였다. 루비는 그렇지 않다고 반박했다.

"아니야, 밤만 있는 게 더 불편해."

"아냐, 남자만 있는 도시가 더 불편해."

"아니라니까."

서로 자신의 도시가 더 불편하다고 옥신각신 다투면서 걸었으나 아무리 따져도 결론을 내리지 못했다. 단지 밤의 도시나 남자의 도시 모두 불편함을 개성으로 받아들이면서 변화하길 그만뒀고, 그 때문에 앞으로도 영원히 불편할 것이라는 사실은 변하지 않았다.

그리고 한참 후에, 그들은 또 다른 낡은 집 앞에 도착했다. 이곳도 역시 럭키가 잘 알고 있는 장소였다.

"500년 전 인간들이 썼던 집이야."

루비가 설명했다. 처음 세대 우주선을 탄 인간 문명의 흔적이었다. 그들은 로봇의 집보다도 더 과거의 유물인 '사람의 집'에 도착한 것이다. 그때의 집이 지금까지 남은 건 아니고, 로봇들이 박물관으로 만들어서 보존한 걸 다시 지금의 도시 사람들이 이어서 복원한 것이었다. 정말 오래된 집이어서 낡거나 부서지면 비슷하게 새로 만들었기 때문에 원래의 물건은 하나도 없고 전부 모조품이었다.

"정말 좁네. 과거의 인간들은 이렇게나 좁은 곳에서 살았구나."

럭키는 사람의 집에 대한 사진이나 동영상은 많이 봤지만 실제로 들어와본 건 처음이라 느낌이 달랐다. 안경을 통해 사소한 물건까지 모두 동영상으로 기록하고 있자니 괜히 신이 나서, 루비에게 이것저것 말했다.

"예전에는 집에 인공지능이 없었고 자동화된 기계도 많지 않았어. 모든 일을 인간이 직접 했지. 아침을 뭘로 먹을지 메뉴도 인간이 직접 정했고, 쓰레기를 로봇이 대신 치워주지도 않았고, 온도도 스스로 조절하고, 하수구가 막히면 인간이 직접 뚫었대."

"그런 데서 어떻게 살았는지 몰라."

루비는 얼굴을 찌푸렸다. 집 옆에는 자동차도 하나 주차되어 있었다. 역시 껍데기만 자동차 모양을 하고 있을 뿐이었지만 럭키는 빙빙 돌면서 살펴보고 감탄했다.

"인공지능이 없는 자동차야. 여기 봐, 운전석에 손잡이가 있잖아. 사람이 앉아서 직접 운전한 거야. 옛날에는 차를 직접 운전했대. 믿어져? 가고 싶은 곳이 있으면 차를 직접 운전해서 가는 거야."

둘은 한참을 둘러보다 집을 떠났다. 더 뒤쪽으로 걸어가자 높은 철조망이 나왔다. 처음 폐허로 들어왔을 때 통과한 철조망보다 훨씬 단단하고 높은 철조망이었다. 철조망 이곳저곳에도 들어가지 마시오, 위험, 출입금지 등등의 표지판이 붙어 있었다. 철조망 멀리 산이 있고, 산 위로 높은 기둥이 솟아 있고, 그 위에 인공태양이 있었다.

루비가 말했다.

"여기가 폐허에서 들어갈 수 있는 최대한이야. 문명과 폐허의 경계인 셈이지. 이 뒤의 폐허는 길도 없고 너무 위험해. 내가 안내해줄 수 있는 것도 여기까지야. 더는 못 들어가."

"이 너머로 데려다줘. 그러면 돈을 더 줄게."

럭키가 가방에서 금화 하나를 더 꺼내 내밀자 루비의 눈이 동그래졌다.

"뭐? 두 개 가지고 있었어? 혹시 금화 더 있는 거 아냐? 가지고 있는 거 다 내놔. 뺏으려는 거 아냐, 구경만이라도 하자."

"이게 마지막이야. 더 들어가야 해. 에세이를 쓰려면 오늘 찍은 동영상 정도로는 안 돼. 적어도 인공태양 근처까지는 가야 해. 그 밑의 풍경은 인터넷에도 정보가 별로 없어. 거기서 그럴듯한 유물이라도 주우면 딱 좋을 거야."

"가봤자 별거 없다니까. 하지만 금화 두 개면…… 정말 짭짤한 수입인데……. 그래도 폐허는 그냥 폐허잖아……. 우리 같은 중학생이 새로운 유물을 찾아낼 리도 없고, 거리가 멀어서 탈것도 있어야 하고……. 금화 두 개면 돈으로…… 에라, 모르겠다."

루비가 철조망을 죽 따라가며 살펴보다가, 덩굴을 헤치더니 문을 찾아냈다. 자물쇠로 잠긴 문을 도끼로 쳐서 열었다. 문에는 이미 여러 번 열렸다가 닫힌 흔적이 있었다. 그렇게 철조망을 통과하자 그 너머에 케이블카가 있었다.

"비상시에만 사용하는 케이블카야. 산 입구까지 바로 갈 수 있어. 이거 타다가 들키면 정말 큰일 나. 경찰에게 잡혀갈 거야."

루비가 케이블카에 올라타며 말했다.

"하지만 분명 그럴 가치가 있지."

럭키도 신이 나서 얼른 케이블카에 올라탔다. 루비가 도끼로 레버를 내리치자 케이블카가 움직이기 시작했다. 요란한 소리와 함께 덜덜 떨며 허공을 날아갔다. 케이블카 안에는 사고 예방을 위한 별다른 안전장치가 없는 것 같아서 다소 무서웠다. 그래도 럭키는 원하는 장소로 가고 있다고 생각하니 흥분이 되었다. 케이블카 밑으로 보이는 폐허 풍경을 동영상으로 기록하다가 문득 고개를 들었다. 옆에 있는 루비가 금화를 들고 무척이나 흡족한 표정을 짓고 있어서 럭키는 웃고 말았다.

"왜 웃어?"

"아무것도 아니야."

럭키는 루비에게 다른 도시에 간 적이 없으면 우주철도 타본 적 없느냐고 물었다.

"없지."

루비는 한숨을 쉬었고, 럭키는 놀랐다. 누구나 쉽게 우주철을 타고 다른 도시에 가는 시대였기 때문이다. 자기가 이 도시에 에세이를 쓰러 왔듯이 말이다. 그런데 같은 또래인 루비가 우주철을 한 번도 타본 적 없다니. 하지만 럭키는 내색하지 않고 말했다.

"우리 도시 박물관에는 전철 모형도 있어. 우주철이 전철을 본뜬 거잖아. 사람들이 전철을 타고 여행하듯이 쉽게 우주여행을 했으면 하는 마음에 전철 모양을 본떠서 우주철을 만들었대. 그때의 전철이 박물관에 있어. 도시 땅속을 다니던 모습도 홀로그램으로 볼 수 있어. 실제로 보면 신기해. 외양은 저 모노레일과 비슷하게 생겼어."

럭키가 언제 남자의 도시 박물관에 와서 전철을 구경하라고 말했지만, 루비는 잘 모르겠다고 대답했다.

케이블카에서 내려서 위를 올려다보자 산과 그 위의 기둥, 그리고 인공태양이 눈에 들어왔다. 가까이 다가가니 부서진 외부 구조가 잘 보였다. 주변은 어둡고 조용한 숲이었다. 벌레 소리 정도만 들렸고 바람도 많이 불지 않아서, 귀를 기울이면 우주의 소리가 들려올 듯하다고 럭키는 생각했다. 그가 사는 도시는 번화해서 조용한 분위기를 느낄 겨를이 없었다.

럭키가 루비에게 말했다.

"산 밑에 뭐가 있는 줄은 알지?"

"여러 쓸데없는 게 있지."

"맞아. 오닐 실린더 우주선의 지형은 인공적으로 만든 것이니까, 산을 파면 밑에 공간이 나와. 그곳을 창고로 쓰는 편이 흙으로 채우는 것보다 효율적이니까. 보통은 필요 없는 물건이나 폐기물을 보관하지만, 여기는 인공태양의 밑이니까 부근에 인공태양의 관리 지역이 있을 거야. 그래서 꼭 와

보자고 한 거야."

"그거야 어른들이 하는 말이지만 찾은 사람은 없어. 지금까지 찾은 사람이 없는데 우리가 찾을 수 있을까?"

산으로 다가가다가, 흙과 금속과 플라스틱이 뒤섞여 쌓여 있는 쓰레기 더미와 마주쳤다. 바스러져가는 금속과 플라스틱 덩어리는 형체를 알아보기 어려웠지만 분명 보통 기계가 아니었다. 아주 섬세하고 복잡한 기계의 부품이 확실했다.

루비가 설명했다.

"로봇의 잔해야. 이 근방에 로봇의 잔해가 가장 많아."

"로봇의 무덤이었을까?"

"아니야, 로봇은 무덤을 만들지 않았어. 인간을 깨운 다음 많은 로봇이 몸을 버리고 정신만 데이터로 백업해서 컴퓨터에 들어갔어. 그중 대부분은 나중에 인터넷을 통해 다른 도시의 컴퓨터로 이사 가버렸고. 밤의 도시에 남은 로봇은 거의 없었지. 그때 버린 로봇의 몸이야. 부품 중에 심장이나 두뇌를 발견하면 돈이 꽤 될 텐데. 그걸 사 가는 관광객도 있거든. 여기는 몸통이나 다리만 있네."

"로봇의 시신을 주워서 판다고?"

"뭐 어때. 로봇들이 버리고 간 건데."

"로봇 유령이 나타나면 어쩌려고?"

럭키가 놀리자 루비가 시큰둥하게 대답했다.

"유령은 부품 사는 사람을 따라가겠지."

그때 무언가 그들을 향해 달려오는 소리가 들리기 시작했다. 럭키와 루비는 서로를 돌아본 다음 각자 도끼와 광선총을 꺼냈다. 럭키조차도 설마 로봇 유령이 나타난 건 아니겠지 생각할 때였다. 어둠 속에서 나타난 건 다행히도 호랑이 외계인이었다.

"유령이야, 유령이 나타났어. 유령이라고, 유령이야!"

그러더니 그들 주변을 맴돌았다. 하지만 루비도 럭키도 두 번째 같은 상황을 마주하니 이제는 놀라지도 않았다. 호랑이 외계인은 아까의 호랑이 외계인과 비슷한 말을 했다.

"산에서…… 걷고 있었는데 갑자기 연기가 나오더니…… 허공에서 무서운 목소리가…… 너는 누구냐고 묻더라고. 그래서 인간이라고 대답하니까, 목소리가 인간의 목소리가 아니라는 거야. 그래서 다시 인간이라고 말했더니 손을 보여 달래. 그래서 손을 들었더니 인간의 손이 아니라고 또 호통을 쳤어……. 무서운 소리가 나서 걸음아 날 살려라 도망쳐서……."

"빛나는 돌 주우러 오셨죠?"

날뛰는 호랑이 외계인이 진정하길 기다린 다음 루비가 말했더니, 호랑이 외계인은 그걸 어떻게 아는지 되물었다. 사려고 했는데 시장에 물건이 없어서 직접 찾으러 들어왔다가 여기까지 왔다고도 했다.

"여기까진 어떻게 왔어요?"

"걸어서 왔는데, 왜?"

케이블카도 타지 않고 오다니 호랑이 외계인의 신체 능력이 대단하다고 럭키는 생각했다. 그리고 루비가 다시 호랑이 외계인에게 빛나는 돌을 팔고, 호랑이 외계인이 돌을 들고 터덜터덜 도시로 돌아가는 모습을 지켜보았다.

곰곰이 생각에 잠겨 있던 럭키가 말했다.

"산에 뭔가 있긴 있어. 분명해. 한 명도 아니고 호랑이 인간 둘이 똑같은 말을 할 정도면 뭔가 있는 거야."

럭키가 산으로 더 가까이 가서 살펴보자고 하자, 루비는 대놓고 싫은 표정을 지었다. 로봇 유령을 만나고 싶지 않다는 것이 그 이유였다. 럭키는 루비를 설득했다.

"유령이 아니라 다른 거라니까. 로봇 유령이 아니라 진짜 로봇의 목소리라면? 밤의 도시에 살던 로봇이나 인공지능이 산 밑 어딘가에 남아 있는 거라면? 그 설명이 더 합리적이잖아."

루비는 곰곰이 생각하더니 말했다.

"합리적이진 않아. 많은 사람이 로봇을 찾아다녔는데 아직 못 찾았잖아. 이제와 우리가 찾는다면 그게 더 이상하니까. 하지만 네 말도 일리는 있어. 본격적으로 찾아본 사람은 없었거든. 밤의 도시는 어차피 다들 떠나가는 도시니까. 정말 산 밑에 뭐가 있더라도 밤의 도시를 떠난 사람들에게는 중요하지 않은 거야……. 뭐, 좋아. 한번 가보자."

둘은 천천히 걷기 시작했다. 꽤 오래 걸었고, 수풀이 우거진 곳을 지나고 절벽을 지나고 흙무더기도 지났다. 가끔 로봇 부품이 잔뜩 쌓인 곳도 있었다. 하지만 로봇 유령도 보이지 않고 로봇의 목소리도 들리지 않았다.

그때 럭키도 루비도 뭔가 이상하다고 생각했다.

"제자리를 빙빙 도는 것 같은 느낌이 들어."

"나도 그래. 뭔가 이상해. 근데 여기 있던 나무 기억나?"

루비가 앞의 절벽을 가리키며 물었다. 분명 나무가 있었는데 이곳으로 돌아오자 나무가 없어졌다는 것이다.

"어두워서 착각한 건 아니겠지? 사람은 어두운 곳에서 공포 때문에 헛걸 보곤 하잖아."

"아니야, 분명 나무가 없어졌어."

증거가 있었다. 럭키가 계속 동영상으로 기록하고 있었으니까. 둘은 안경을 들어 동영상을 확인하다가, 정말 그들이 다시 돌아왔을 때 나무가 사라진 것을 확인했다. 럭키도 루비도 깜짝 놀랐다.

"나무가 어디 갔지? 럭키 네 안경으로 찾을 순 없어?"

"할 수 있어."

럭키는 안경으로 근방에 움직이는 물체가 없는지 찾기 시작했다. 주변을 검색한 안경은 커다란 생물체가 천천히 움직이고 있다는 분석을 내놓았다. 럭키가 말했다.

"아무래도 나무가 아닌 것 같아."

"나무처럼 생겼는데 나무가 아니라면, 설마 나무 외계인 말하는 거야?"

나무처럼 생겼으나 나무가 아닌 나무 외계인은 루비도 알고 있었다. 나무처럼 크고, 이파리도 있고 나뭇가지도 있다. 하지만 식물이 아니라 인간처럼 지능을 가진 지성체이고, 뿌리를 다리처럼 사용해 느리게 움직이는 외계인이었다. 루비가 밤의 도시에서 나무 외계인을 한 번도 본 적 없다고 말하자, 럭키가 말했다.

"나무 외계인은 어디에나 있어. 호랑이 인간처럼."

둘은 안경이 알려주는 위치를 향해 다가갔다. 길이 쉽진 않았지만, 용케 수풀을 헤치고 걸었다. 곧 그 근방에 다다랐는데, 안경의 신호가 가리키는 곳은 흙더미 너머였다. 럭키와 루비는 흙더미 주변을 서너 번씩 돌아보며 샅샅이 살핀 다음에야 교묘히 감춰져 있는 입구를 발견할 수 있었다. 그곳을 통해 흙더미 안으로 들어갔더니 철제 벽이 있었다.

럭키의 안경은 벽 너머에 커다란 생명체가 있다고 분석했다.

"나무 외계인이 이 벽 너머에 있나 봐."

하지만 벽 너머로 어떻게 갈 수 있는지 방법을 몰랐다. 벽에 문이나 창문이나 아니면 그 비슷한 어떤 것도 보이지 않았기 때문이다.

럭키는 지금까지의 일을 통해 상황을 분석해보았다.

"호랑이 인간이 여기서 로봇의 목소리를 들었다고 했어. 어떻게 소리를 들었을까? 인간보다 훨씬 귀도 밝고 눈도 좋으니까 우리는 못 보는 것을 찾았을지도 몰라. 우리가 호랑이 인간처럼 잘 보려면 어떻게 해야 하지?"

"불을 켜면 되겠지."

루비가 도끼를 건드려 더 환하게 불을 밝혔다. 다시 철문을 자세히 관찰하다가 미처 못 본 가느다란 틈을 발견했는데, 그곳에서 천천히 연기가 흘러나오고 있었다.

"수증기 같은데……."

럭키와 루비가 철문 틈에 손을 댔더니 갑자기 틈새에서 수증기가 뿜어져 나왔다. 놀라서 뒤로 물러났던 두 사람은 다시 벽으로 다가갔다. 그러자 목소리가 들렸다.

"너는 누구지?"

럭키와 루비는 서로를 쳐다보았다. 이게 바로 호랑이 외계인이 말한 그 목소리였을까? 루비가 대답했다.

"인간이야. 그러는 너는 누군데?"

"인간이라면 손을 내밀어봐."

루비가 손을 내밀어 벽에 대자 안쪽에서 대답이 들려왔다.

"인간이 맞구나."

그리고 벽의 틈이 넓어지더니 문이 천천히 열리기 시작했다. 거의 부서질 듯 끼이익 소리가 나는 바람에 둘은 놀라서 다시 뒤로 물러났다. 문이 활짝 열린 다음 목소리가 말했다.

"안으로 들어와."

"별로 내키지 않는데."

루비는 말했지만, 어쨌든 도끼를 들고 안으로 들어갔다. 럭키도 광선총을 단단히 쥐고 뒤를 따랐다. 안에서는 나무 외계인이 이파리를 천천히 흔들고 있었다.

럭키가 나무 외계인을 향해 더듬더듬 말했다.

"안, 안녕…… 하세……요?"

"나무 외계인은 소리를 듣지 못하잖아."

루비가 말했다. 그럼 어떻게 하지, 럭키가 생각할 때였다. 나무 외계인이 긴 가지를 뻗더니 벽의 장치를 건드렸고, 방 전체가 아래로 움직이기 시작했다.

철문 안쪽 공간은 방이 아니라 거대한 승강기였다. 나무 외계인 뒤쪽 유리창으로 산의 지하 풍경이 보였다. 럭키가 어딘가 있으리라 예상했던 창고가 산 밑에 있었던 것이다. 그냥 텅 비어 있는 공간도 있었고, 가끔 뭔가가 잔뜩 쌓여 있기도 했는데, 오래된 데이터를 저장 장치에 넣어둔 것으로 럭키는 추측했다. 그다지 가치 있는 데이터는 아니지만, 그런 장소를 발견했다는 사실 자체는 에세이에 좋을 거라고 럭키는 말했다.

"너한테 좋다면 다행이네."

루비가 말했다. 하지만 한편으로 루비도 럭키도 걱정이었다. 승강기가 멈췄을 때 뭐가 기다리고 있을지 모르기 때문이었다.

승강기가 멈추고 문이 열리자, 나무 외계인이 바로 내렸다. 두 사람은 주의하며 그 뒤를 따라갔다. 그곳은 커다란 공간에 몇 가지 허술한 세간을 갖춘 방이었다. 사람이 사는 방 그대로였으나 뭔가가 이상했다. 침대도 있고 의자도 있고 벽에 텔레비전 비슷하게 생긴 모니터도 있었다. 소파도 있고 책장도 있고 테이블 위엔 커피메이커까지 있었다. 하지만 뭔가가 달랐다.

럭키는 차이점을 곧 알아차렸다. 루비도 말했다.

"아까 로봇의 집 박물관과 비슷하다."

로봇이 인간을 흉내 내서 살던 집과 비슷했다. 박물관에서 본, 인간의 방처럼 생겼지만, 인간이 아닌 로봇을 위한 방과 비슷했던 것이다. 나무 외계인은 구석으로 가서 서더니 더 움직이지 않았다.

"인간이에요?"

침대에서 갑자기 목소리가 들리자 루비와 럭키가 놀라서 펄쩍 뛰었다. 둘은 서로를 마주 보고 있다가 대답했다.

"네."

"교대하러 왔어요?"

"교대? 교대라니? 아니요. 내 이름은 루비예요. 얘는 럭키고요. 당신은 누구세요?"

이불을 젖히고 로봇이 일어났다. 작은 체구의 로봇이었고, 자다가 일어나서 졸린 듯이 눈을 비볐다. 로봇이 아이처럼 덩치가 작아서 이불 밑에 있는 줄도 몰랐던 것이다. 로봇이 눈을 비빌 필요가 있나, 럭키는 생각했다. 사소한 행동마저도 인간을 흉내 내고 있었다. 박물관에서 봤던 것처럼 침대에는 매트리스가 아닌 철판이 깔려 있었다.

로봇은 다가와 자신을 소개했다.

"내 이름은 모스예요. 인공태양을 지키는 로봇이요. 그런데…… 인간들이 깨면 교대하러 오길 기다리고 있었는데, 인간도 로봇도 오질 않아서 잠시 누워 있었어요."

인간처럼 사는 로봇이라면, 정말 오래전의 로봇이다. 잠시 잠들었다니 그 '잠시'가 도대체 얼마일까, 럭키는 생각했지만 도저히 짐작이 가지 않았다.

모스가 말했다.

"인간이 잠들어 있는 동안 로봇이 우주선을 지키고 있었거든요. 처음 우주선을 몰고 가던 인간들은 우주선에만 있기 지겨워도 밖으로 나갈 수가 없었어요. 그래서 컴퓨터 안에 가상현실을 만들어놓고 그곳으로 놀러 갔어요."

그런 이유였다니, 그건 럭키도 루비도 미처 몰랐던 사실이었다.

"우주선을 우리가 지키고 있었는데, 우리도 곧 지겨워졌어요. 우주선 안에만 있으니까 정말 지겹더라고요. 어디로 여행을 갈 수도 없고. 그래서 우리도 컴퓨터 속으로 놀러 가기로 했어요. 대신 인간들을 깨우기로 했죠. 나는 인공태양을 관리하고 있어서 나중에 들어가기로 하고 뒤에 남았어요. 인공태양은 로봇에게 필요 없어서 꺼버렸는데, 인간에게는 필요하니까 인간들이 일어나면 켜주려고 기다리고 있었어요. 커피 드실래요?"

"그게 인공태양이 꺼져 있는 이유였어?"

루비가 중얼거렸다. 모스는 우리가 놀라건 말건 커피메이커에서 커피처럼 생겼으나 커피는 아닌 액체를 따라 마셨다. 과거에 로봇이 기름을 커피처럼 마시던 문화가 있다는 걸 럭키도 책에서 읽어 알고 있었다. 모스가 자꾸 둘에게도 커피를 권해서, 루비도 럭키도 괜찮다고 여러 차례 거절했다.

로봇이 물었다.

"인간들은 다 일어났나요?"

"그래요."

그것도 정말 오래전에 일어났다. 그동안에도 모스는 계속 잠들어 있었고 말이다. 상황을 어떻게 이해해야 좋을지 알 수 없었다. 모스는 어째서 외부 상황을 전혀 몰랐을까? 밖으로 나가보지도 않았나? 출입구 앞에 흙더미가 쌓여 있긴 했지만, 정말 그것 때문에 밖으로 못 나갔을까? 이곳 컴퓨터는 바깥과 연결이 되지 않았나? 과거의 컴퓨터와 지금의 컴퓨터는 기술 차이가 커서 외부의 발달한 컴퓨터와 접속이 안 됐을 수도 있다. 하지만 어째서 다른 로봇이 깨우러 오지도 않았나?

"인간이 오기 전에는 문을 열어주지 말라고 명령을 받았거든요. 그래서 계속 기다렸죠. 오랫동안 오지 않아서 자고 있었어요. 가끔 깨기는 했지만……. 어? 나무 외계인이 밖에 나갔었나 보네?"

모스는 구석에 조용히 있는 나무 외계인을 올려다보더니 말했다.

"나무 외계인이 갑자기 나타났어요. 땅에서 천천히 자라더라고요. 한동안은 움직이지 않았는데, 언젠가부터 방을 돌아다니기 시작했어요. 오늘은 밖에 나갔다 왔나 보네요? 밖을 나간 건 처음일 거예요. 손님까지 데리고 오다니 놀랄 일이네."

아마 나무 외계인은 아주 작은 씨앗 형태로 안에 들어왔을 것이다. 천천히 자라다가 적당한 크기가 되자 밖으로 나갔고, 출구를 막고 있던 흙더미도 뚫고 나갔을 것이다. 그리고 그를 따라 럭키와 루비가 들어온 것이었다. 정말 우연한 일이었지만, 언젠가 일어날 일이기도 했다. 누군가는 결국 이곳을 찾아냈을 것이다. 그 주인공이 허락 없이 폐허로 들어온 두 중학생이 된 것일 뿐이다.

"별은 달았나요?"

모스가 말했다. 별이라니 그게 무슨 소리냐고 루비가 되묻자 모스가 대답했다.

"인공태양을 끄는 바람에 우주선이 어두워졌잖아요. 인간들은 별을 좋아하니까 건물에 많은 등을 달아두면 잠에서 깨서 어두운 하늘을 올려다봤을 때 예쁠 테니까 좋아할 거라고 누가 그랬거든요. 건물마다 등을 달면 별처럼 보일 거라고 어느 로봇도 제안했어요. 건물에 전등을 달았나요?"

"그래서 우리가 전등을 다는 문화가 있나 봐."

루비가 럭키에게 말했다.

럭키는 그동안의 일을 설명했다. 인간들이 깨어났고 많은 시간이 흘렀으며, 그동안 인간들이 새로운 문명을 만들고 지구에서 날아온 우주선을 만났고 이제 많은 사람이 밤의 도시를 떠났다는 사실을 말해주었다. 충격받지 않을까 걱정했는데, 모스는 의외로 담담했다.

"내가 잠을 너무 오래 잤구나."

아무래도 로봇의 감정은 인간과 많이 다른 것 같았다.

"그래도 중간에 가끔 일어나서 확인했는데……. 인간이 아닌 존재가 오기도 했어요. 인간에게만 문을 열기로 했기 때문에 다른 건 모두 쫓아냈죠."

오늘 호랑이 외계인이 쫓겨났듯이 말이다. 그게 아마도 로봇 유령의 전설이 된 것이 아닐까 럭키는 추측했다.

그리고 모스가 다시 자야겠다고 말해서, 럭키는 당황했다.

"그렇게 자고도 또 잠이 와요?"

"너무 오래 누워 있었더니 몸이 뻐근해요. 누워서 좀 쉬었다가 일어나야겠어요. 그리고 나도 다른 로봇들처럼 놀러 가야죠. 하지만 그 전에 조금 더 잘게요. 인공태양을 켜고 싶으면 찾아와서 말하세요. 그때 켜줄게요."

"잠깐, 잠깐 내 말 좀 들어봐요."

루비가 침대로 돌아가려는 그를 붙잡았다.

"그렇다면…… 인공태양, 혹시 지금…… 켤 수 있어요?"

확인해봐야겠다고 말하더니, 모스가 벽으로 다가가 스위치를 눌렀다. 벽에 있던 모니터가 켜졌는데, 럭키는 한 번도 본 적 없는 정말 원시적인 모니터였다. 모니터에 흐릿하게 인공태양과 그 주변의 모습이 나타났다.

인공태양을 자세히 보던 모스가 깜짝 놀라 말했다.

“엉망이네. 다 부서졌잖아. 외벽이 다 벗겨졌네? 안은 멀쩡할까? 고치려면 오래 걸리겠다. 아니, 차라리 새로 만드는 편이 낫겠어. 하지만 지금 켜려면 켤 순 있어요. 켤까요? 보기 흉하긴 하겠지만, 빛이 나긴 할 거예요.”

루비의 표정이 굳었다. 럭키도 루비의 마음을 이해했다. 그녀 못지않게 황당했으니까. 밤의 도시 사람들은 인공태양을 고칠 수 없는 줄 알고 오랫동안 살았다. 루비는 한 번도 낮을 본 적 없었다. 그런데 이렇게 쉽게 켤 수 있다니.

오래 고민하던 루비는 대답했다.

“아니요.”

모스는 침대에 눕더니 정말 바로 잠이 들었다. 루비와 럭키는 잘 자라고 인사를 하고 그곳을 나왔다. 나무 외계인과 함께 승강기를 타고 올라왔더니, 온 도시에 어느새 전등이 환하게 켜져 있었다. 전등 축제가 본격적으로 시작된 것이다. 나무 외계인이 바닥에 털썩 주저앉더니 움직이지 않았다. 럭키도 루비도 힘이 들어서 나무 외계인의 뿌리에 앉아 쉬었다.

루비는 전등 행사가 시작되기 전에 돌아갔어야 했다고 중얼거리더니 가방에서 먹을 것을 꺼냈다. 럭키는 물었다.

"도시락을 가져왔어?"

"당연히 가져왔지. 축제잖아. 너는 없어?"

"사실 나도 있어."

럭키도 가방에서 도시락을 꺼냈다. 싱겁기는, 하고 루비가 말했고, 그들은 서로 도시락을 나눠 먹으며 전등을 바라보았다. 도시 전체를 밝힌 전등은 정말 밤하늘에 별이 가득 빛나는 것처럼 아름다웠다. 루비가 도시 사람들이 전등 축제를 얼마나 열심히 준비했는지 설명하다가 말했다.

"원래 축제 시작하면서 합창단이 노래 불러야 하거든. 그런데 이미 늦었어. 돌아가면 선생님한테 혼나겠다."

럭키는 루비가 걱정되어 물었다.

"그러면 퇴학당하는 거야?"

"뭐, 몰라. 퇴학당할 수도 있고 그냥 혼나고 말 수도 있고. 혼나건 말건 관심 없어. 나는 돈을 모으는 게 목적이니까. 오늘 돈을 많이 모았으니 몇 달만 더 모으면 갈 수 있을 거야."

둘은 천천히 도시락을 먹으면서 풍경을 바라보았다.

"놀러 가고 싶어서 캡슐 안에서 신체를 냉동하다니 황당하다. 하지만 나도 놀러 가고 싶으니까. 몇백 년이 지나도 사람 본성은 별로 변하지 않았나 봐."

"어른들이 모스를 만나면 태양도 켜겠지?"

럭키가 말하자 루비는 아마 그럴 것 같다고 대답했다.

"그래도 놀러 갈 거야? 인공태양을 켜면 낮이 생기니까, 낮을 보러 다른 도시로 갈 필요는 없어지잖아. 그래도 다른 도시로 놀러 갈 건지 궁금해서."

"기왕 돈 모은 거 가긴 가야지. 우주철은 타고 싶으니까. 그리고 다른 도시 사람들은 어떻게 사는지도 직접 보고 싶고."

럭키가 루비에게 제안했다.

"아까부터 생각했는데, 우리 도시로 놀러 오면 어때? 우리 도시에는 낮도 있고 태양도 있고 달도 있어. 시간도 지구처럼 하루가 24시간이야. 그리고 계절도 있어. 지금은 바닷가로 가기 좋은 계절이야. 인공으로 만든 바다이긴 하지만 깨끗하고 조용해. 우리 집에서 자면 숙박비도 절약되니까, 네가 지금까지 번 돈이면 충분히 올 수 있지 않을까? 우리 집은 바닷가에서도 가까워. 너에게 여행지로 딱 좋을 거야."

"여자가 남자의 도시에 가도 돼?"

"관광객은 언제나 환영이지. 아빠도 내가 여자 손님을 데리고 온다고 하면 아마 깜짝 놀랄 거야. 그리고 네가 어떤 아이인지 무척 궁금해하실걸. 선글라스도 빌려주실 거야."

루비도 처음에는 정말 럭키의 집으로 가도 될지 고민하다가, 어느새 럭키와 같이 여행 계획을 세우면서 꿈에 부풀었다. 바닷가에서 뭐 하면서 놀지 신이 나서 의논했다. 도시의 전등이 점점 더 밝아지고 색이 화려해져 마침내 축제의 최고조에 이른 순간에도 둘의 대화는 계속 이어졌다.

작가의 말

김이환

「밤의 도시」를 쓰면서 '해님 달님'을 새로 해석해봤습니다. '해님 달님'에서 오누이는 엄마를 잃고 무서운 호랑이를 피해 도망치는 고난 끝에 해와 달이라는 새로운 존재로 거듭납니다. 주인공 루비와 럭키가 이런저런 모험 끝에 밤의 도시의 알려지지 않았던 비밀로 다가가듯이 말이죠. 청소년은 아이가 어른이 되는 경계의 순간입니다. 자라면서 새로운 것을 알고 삶을 바라보는 시선이 바뀔 때가 있습니다. 어려운 순간이기도 하지만 재미있는 순간일 때도 있습니다. 이 소설을 읽는 모든 독자들 역시 그 재미를 느끼셨으면 좋겠습니다.

부활 행성 — 홍련의 모험

정명섭

"타키온 펄스 엔진 가동! 3, 2, 1!"

타키온 펄스 엔진의 출력을 나타내는 게이지가 끝까지 올라가면서 하얀색으로 변했다. 그걸 본 홍련은 본능적으로 숨을 참으며, 조종석 시트에 몸을 파묻었다. '욕조'라고 불리는 조종석 시트는 우주에서는 한없이 귀한 물로 채워져 있어서 편안함을 안겨줬다. 타키온 펄스 엔진이 본격적으로 가동되면서 우주선이 FTL(Faster Than Light) 즉, 빛보다 빠른 속도로 접어들었다. 그러면서 시공간 사이의 웜홀로 진입했다. 심호흡을 하면서 마음을 안정시키려고 했지만 그럴 수 없었다. 아주 적은 사례이긴 하지만 웜홀로 진입했다가 영영 나오지 못한 경우도 있었기 때문이다.

— 심장박동 수와 맥박이 급격하게 상승하고 있습니다. 안정제나 수면제를 투입할까요?

우주선의 인공지능인 에리카43의 물음에 홍련은 잠시 생각에 잠겼다가 대답했다.

"수면제 투여해줘."

— 알겠습니다. 웜홀에서 빠져나오는 대로 의식을 찾을 수 있을 만큼 투여하겠습니다. 우주선의 조종 권한을 저에게 넘겨주십시오.

"우주선 좌수호의 조종 권한을 인공지능 에리카43에게 넘겨준다."

— 이름과 조종 면허 번호를 음성으로 말씀해주십시오.

"깜빡했네. 우주선 조종사는 배홍련, 조종 면허는 지구-43-라-21014 알파!"

— 확인했습니다. 편안한 수면을 취하시기 바랍니다. 참, 오늘 열일곱 번째 생일을 축하드립니다.

"고마워."

눈을 감은 홍련은 곧바로 과거로의 또 다른 여행을 떠났다.

홍련에게 언니 장화의 실종 소식이 들려온 것은 프록시마 F 행성 탐험에서 돌아온 직후였다. 우주 정거장 조합의 요청으로 진행한 이번 탐험은 위험한 순간이 있었지만 별다른 피해 없이 마칠 수 있었다. 신형 알프레드 우주 정거장에 도착한 홍련은 가장 먼저 도어에서 내리는 영광을 누렸다.

"제가요?"

그녀의 물음에 탐사대를 이끌었던 코삭이 웃으며 대답했다.

"네가 아니었으면 우린 운석 지대에서 가루가 되었을 거다."

코삭의 말에 다른 동료들이 모두 같은 생각이라는 듯 고개를 끄덕였다. 감격한 홍련의 눈이 빨개지자 코삭이 다가와 어깨를 토닥거렸다.

"역시 아버지의 피를 이어받아서 그런지 뛰어난 실력을 가지고 있구나. 아버지처럼 뛰어난 우주 비행사가 되어라."

격려차 한 이야기였지만 홍련의 마음은 싸늘하게 식어버렸다. 그런 마음을 들키지 않기 위해서 일부러 웃는 표정을 지은 홍련은 천천히 열리는 도어 앞에 섰다. 도어 앞에는 우주 정거장 조합의 고위 관계자들과 구경꾼들이 가득했다. 다들 홍련의 이름을 부르며 열광하는 가운데 그녀는 천천히 계단을 내려갔다. 촬영용 드론이 머리 위에 둥둥 떠 있었다. 우주 정거장 조합의 이사 중 한 명인 레이아나 허가 다가왔다. 어느 정도 예상하긴 했지만 더없이 불편한 상황이라 홍련의 얼굴은 굳어졌다. 가까이 다가온 레이아나 허가 그런 홍련을 끌어안고 토닥거리면서 말했다.

"날 싫어하는 건 알겠는데 이런 곳에서는 제발 좀 웃어줄래?"

얼굴에는 미소가 가득했지만 한없이 차가운 말에 홍련은 하마터면 마녀라는 그녀의 별명을 소리 내어 말할 뻔했다.

"알겠으니까 최대한 빨리 끝내주세요."

"그대로 웃기만 해."

짧은 포옹을 끝낸 레이아나 허가 홍련의 한쪽 손을 번쩍 든 채 주변 사람들에게 외쳤다.

"우리 조합의 영웅이자 저의 딸인 배홍련입니다. 프록시마 F 행성계의 루트를 개척하는 데 큰 공을 세워서 우리에게 엄청난 이익과 기쁨을 안겨주었습니다."

조합원들의 시끌벅적한 환호와 박수 소리가 울려 퍼지는 가운데 레이아나 허가 그녀의 귀에 다시 속삭였다.

"네 언니가 실종되었어."

"뭐라고요?"

놀란 홍련의 물음에 레이아나 허가 어깨를 으쓱했다.

"알파센터우리 27번 행성 부근 궤도에서 신호가 사라졌다."

"거긴 부활 행성이잖아요."

"맞아. 미련을 버리지 못한 사람들이 가는 곳이지."

차갑게 웃은 레이아나 허가 덧붙였다.

"23번 통제실의 관제 휴머노이드에게 관련 정보를 업로드 했으니까 가서 확인해봐."

"아빠는요?"

"왜? 구조하러 갔을 거 같아?"

홍련이 미련이 남은 표정으로 바라보자 레이아나 허가 혀를 찼다.

"증강 가상현실 게임에 빠져 있는 중이야. 지금은 조선 시대로 돌아가 있을 거야."

"아빠를 그렇게 만든 건 당신이에요."

"어머나, 말버릇 보게. 우주선 조금 조종했다고 까부는 거야?"

얼굴은 여전히 웃는 중인데도 불구하고, 입에서는 험한 말이 쏟아져 나왔다. 우주 정거장 조합의 이사라는 어마어마한 위치에 오를 정도면 능력만이 전부는 아니다. 그녀의 능력 뒤에는 얼음 같은 냉혹함이 숨어 있었다. 형식적인 행사를 마친 레이아나 허가 한 무리의 사람들을 이끌고 연회장으로 향했다. 뒤따라 우주선에서 내린 코삭이 홍련에게 물었다.

"안 가?"

"다른 데 잠깐 들를 곳이 있어요."

억지웃음을 지은 홍련은 헬멧을 옆구리에 낀 채 23번 통제실로 향했다.

23번 통제실에 들어선 홍련의 앞을 감시용 드로이드가 가로막았다. 원통형 몸에 외눈박이 렌즈가 박혀 있는 모델이었다.

"무슨 목적이십니까?"

"관제 휴머노이드를 만나러 왔어."

"레이아나 허 이사의 접촉 지시를 확인했습니다. 따라오십시오."

감시용 드로이드가 관제 휴머노이드들이 나란히 설치되어 있는 곳으로 홍련을 데리고 갔다. 그곳에는 홀로그램으로 신형 알프레드 우주 정거장의 모습이 띄워져 있고, 크고 작은 우주선들이 쉴 새 없이 오고 가는 게 표시되었다. 관제 휴머노이드들은 우주선의 인공지능과 접속해서 게이트라고 불리는 착륙장으로 안내하는 역할을 했다. 자그마한 실수가 대형 사고로 이어지고, 그것은 우주 정거장 조합의 신용도를 하락시킬 수 있기 때문에 관제 시스템은 최고 수준의 정보처리 능력을 가지고 있었다. 에닉스라는 최고의 인공지능 프로그램이 있긴 하지만 여전히 인간의 두뇌가 필요했다. 따라서 관제 휴머노이드들은 두뇌를 비롯해서 생체 기관이 일부 남은 인간과 에닉스 시스템을 결합한 형태로 만들어졌다. 하반신은 이동하기 쉽게 바퀴가 달려 있었고, 안구도 계속 쓸 수 있게 인공 안구로 교체되었다. 머리에는 조종사들이 쓰는 것처럼 생긴 헬멧이 씌워져 있는데 사실 에닉스 시스템을 두뇌에 결속시키는 장치였다. 이렇게 인간과 안드로이드가 결합된 형태를 휴머노이드라고 불렀다. 안드로이드가 일상적인 시대이지만 인간을 마치 부품처럼 사용하는 것에 대한 거부감이 남아 있기 때문에 좀처럼 쓰지 않는 방식이었다. 하지만 우주 정거장 조합은 그런 거부감 따위 신경 쓰지 않았다. 이런저런 생각에 잠겨 있던 홍련에게 관제 휴머노이드가 물었다.

"우주 비행사 홍련 님이시군요. 뭘 도와드릴까요?"

"실종된 언니의 정보가 업데이트 되어 있다고 해서."

"아! 배장화 조종사의 정보 말씀이시군요. 여길 보시죠."

관제 휴머노이드가 인공 안구를 통해 홀로그램을 띄웠다. 익숙한 알파센터우리 행성계가 보이고, 그곳을 가로지르는 하나의 궤적이 보였다.

"이게 언니의 우주선이야?"

"그렇습니다. 지구 시간으로 66시간 전에 생체 신호와 우주선의 전파 신호가 동시에 사라졌습니다."

"두 개가 동시에 사라졌다고?"

홍련의 물음에 관제 휴머노이드가 고개를 끄덕거리자 홀

로그램이 잠시 흔들렸다. 홍련은 떨리는 목소리로 말했다.

"생체 신호와 전파 신호가 동시에 사라졌다는 애기는 우주선이 파괴되었고, 조종사는 사망했다는 뜻이잖아."

"맞습니다. 하지만 파괴되었다고 보기에는 몇 가지 의문점이 있습니다."

"어떤 의문점?"

"신호가 끊긴 지점에는 우주 쓰레기라고 불리는 스페이스 데브리나, 우주선에 충격을 줄 만한 운석 같은 건 존재하지 않았습니다."

"다른 우주선과의 충돌은?"

"신호가 끊긴 시간대에 그 지역을 지나간 우주선은 없었습니다. 그 지역은……."

"죽은 자들이 있는 곳이니까 그랬겠지. 부활 행성 말이야."

홍련의 말에 관제 휴머노이드가 바로 대답을 하지 못했다.

"죄송합니다만 방금 하신 말씀 중에 금기어가 들어 있습니다. 알파센터우리 27번 행성으로 지칭하겠습니다."

관제 휴머노이드의 대답을 들은 홍련은 홀로그램에 가까이 다가갔다. 언니가 조종한 우주선의 궤도를 살펴보던 그녀가 중얼거렸다.

"그곳으로 가려고 했던 모양이네."

"알파센터우리 27번 행성은 우주 정거장 조합을 비롯해서 17개 조합과 연맹에서 출입 금지 구역으로 지정한 곳입니다. 배장화 조종사도 그걸 잘 알고 있고요."

"구조대는?"

"레이아나 허 이사가 구조대 파견 문제를 언급했지만 다른 이사들과 조합장들의 반대에 부딪쳤습니다."

"새어머니 의견이 무시되다니, 그사이 많이 약해지셨군. 아니면 마녀의 저주가 내려질 차례인가?"

"말씀 중에 금기어가 두 번이나 나왔습니다. 상부에 보고를 할 수도 있습니다."

홍련이 관제 휴머노이드에게서 물러서지 않고 옆에 서 있는 감시용 드로이드를 보며 말했다.

"어차피 다 촬영하고 있는데 굳이 보고까지 할 필요 없잖아."

그 얘기를 들은 감시용 드로이드는 슬쩍 돌아서서 입구로 향했다. 한숨을 쉰 홍련이 말했다.

"내가 직접 가야겠어. 우주선이 언제 준비될까?"

"B-241 게이트에 좌수호가 준비되어 있습니다."

"언니가 타고 간 게 아니었어?"

놀란 홍련의 물음에 관제 휴머노이드가 다른 우주선의 홀로그램을 띄웠다.

"배장화 조종사가 타고 간 것은 다이나모사(社)에서 제작한 알리 우즈 모형을 개조한 환상호입니다."

"언니가 왜 좌수호를 놓고 간 거지?"

"알 수 없습니다."

관제 휴머노이드의 대답을 들은 홍련이 물었다.

"언제 출발 가능해?"

"현재 연료와 식료품 보급은 97퍼센트 완료되었고, 외부 센서와 탑재된 인공지능을 테스트 중입니다. 지구 시간으로 아홉 시간 후 출발 가능합니다."

"인공지능은 테스트 할 필요 없어. 좌수호의 인공지능은 항상 완벽했으니까."

"그래도 규정상 테스트를 완료해야 합니다."

"그 인공지능의 모체가 바로 내 어머니야."

날 선 홍련의 말에 관제 휴머노이드는 잠시 정지되었다. 잠깐 째려본 홍련이 말을 이었다.

"두 시간 후에 게이트에서 출발할 거니까 마무리해."

"알겠습니다. 즐거운 여행 되시길 바랍니다."

홍련은 관제 휴머노이드의 대답이 채 끝나기도 전에 통제실에서 나왔다.

귀환한 조종사들의 특권인 따뜻한 물로 샤워를 마친 홍련은, 새로 지급 받은 우주복으로 갈아입고 좌수호가 있는 게이트로 향했다. 게이트 앞 통로가 교차하는 곳에 각종 에너지 드링크와 우주복에 붙일 액세서리를 파는 노점상들과 점쟁이들이 보였다. 주로 조합에서 해고된 사람들과 정기 연락선을 타고 정거장을 오가는 떠돌이들이 하는 장사였다. 잠깐 걸음을 멈춘 홍련은 즐겨 마시는 에너지 드링크 '블러드 샤워'를 하나 사고 그 옆에 있는 별점 치는 노인에게 갔다. 인류가 지구에서 원시적인 생활을 할 때부터 있었다는 점은 웃기게도 33세기인 지금까지 성행하고 있다. 주로 홍련처럼 우주선을 모는 조종사들이 비행에 나서기 전 한 번씩 점을 쳤다. 운송 조합 마크가 붙은 낡은 점퍼에 눈이 좋지 않은지 시력 증폭용 고글을 쓴 노인은 발자국 소리를 듣고는 주사위를 만지작거렸다.

"부츠 소리가 거의 들리지 않는 걸 보니 조종사인 것 같군."

"어차피 손님의 90퍼센트는 조종사 아닌가요?"

피식 웃은 홍련이 금속 의자에 앉자 노인이 시력 증폭용 고글을 치켜 쓰면서 물었다.

"그래, 뭐가 궁금하신가?"

"이번에 누굴 만나러 가는데요. 만날 수 있을지 궁금해서요."

작게 기침을 한 노인이 주사위를 굴렸다. 핏빛 주사위가 굴러가는 소리에 귀를 기울이던 노인이 나온 숫자들을 보고는 다시 기침을 했다.

"왜 만나러 가는 거지?"

예상치 못한 질문이라 홍련은 잠시 생각하다가 대답했다.

"작별 인사를 못 해서요."

"안 만나는 게 좋겠어."

"왜요?"

"가지 말아야 할 곳에 갔으니까, 거긴 가면 안 되는 곳이야."

노인의 얘기를 들은 홍련이 한숨을 쉬었다.

"접근 금지된 곳이긴 하죠. 하지만 저는 꼭 가서 만나야 해요."

"피를 흘리고 고통받을 거야."

"그래도 가야 해요."

홍련의 고집이 이어지자 노인은 다시 주사위를 굴렸다. 그리고 주사위를 걷어 가면서 말했다.

"행운을 빌어주지. 크레딧은 필요 없어."

"그래도."

"괜찮아. 가지 말아야 할 곳에 가는 사람에게 뭘 받을 수는 없으니까."

딱 잘라 말한 노인은 아예 옆으로 돌아앉았다. 홍련은 찜찜한 기분으로 의자에서 일어나 게이트를 향해 갔다. 연료 탱크와 부속품을 실은 반중력 리필서들이 줄지어 지나가고, 크레인이 달린 대형 안드로이드들이 우주선에 들러붙어서 부품을 교체하거나 수리 중이었다. 게이트는 매우 넓었지만 좌수호는 금방 찾을 수 있었다. 옛날 지구의 하늘을 날던 비행기는 공기의 저항을 최소화하기 위해 유선형으로 만들어졌다고 들었다. 우주에서는 공기의 저항을 받지 않기에 우주선이 반드시 유선형일 필요는 없었다. 하지만 좌수호는 비행기처럼 날렵한 유선형이었고, 양쪽에 날개까지 붙어 있었다. 후면부에 대형 엔진을 배치하고 주변에 자세제어용 부스터를 잔뜩 붙여놓은 다른 우주선들과는 달라도 너무 달랐다.

홍련이 좌수호에 다가갔을 때 연료 공급은 모두 끝나 있었고, 이동식 제너레이터에서 비상 에너지를 충전 중이었다. 주황색 제복을 입은 메인 엔지니어에게 다가간 홍련이 물었다.

"지금 출발하고 싶은데요."

"10분이면 충전이 끝나니까 들어가서 계기판 점검하고 신호 기다리십시오."

오케이 사인이 나자 홍련이 팔에 찬 크레딧 충전기를 보여줬다.

"이걸로 계산할게요."

"됐습니다. 제 서비스입니다."

홍련이 놀란 눈으로 바라보자 메인 엔지니어가 씩 웃었다.

"비너스 행성계에서 당신 아버지가 우리 가족이 탄 조난선을 구조해준 적이 있었죠."

"아!"

"그때 우리를 구해준 게 바로 이 우주선이었습니다. 언제 한번 신세를 갚고 싶었습니다. 즐거운 비행 되십시오."

깍듯하게 말하는 메인 엔지니어에게 인사를 한 홍련은 도어 버튼을 밟고 안으로 들어갔다. 좌수호의 제일 앞에는 두 개의 조종석이 나란히 붙어 있었다. 홍련은 메인 조종석인 오른쪽이 아니라 보조 조종석인 왼쪽에 앉았다. 오른쪽 자리는 아버지나 언니인 장화의 자리라고 믿었기 때문이다. 홍련에게 좌수호는 단순한 우주선이 아니라 어린 시절의 추억이 있는 곳이었다. 우주병으로 일찍 돌아가신 어머니가 살아 계셨을 때 언니 홍련과 함께 아버지가 모는 우주선을 타고 이곳저곳을 여행하던 기억 때문이었다. 어머니의 애절한 노랫소리에 조종석에 앉은 아버지가 가끔 후렴처럼 소리를 넣어주던 것을 떠올렸다. 단란했던 추억이 담긴 곳이라, 아버지의 재혼 이후 좌수호는 그녀와 언니 장화에게는 더더욱 귀중해졌다. 생각에 잠겨 있던 홍련이 동력 가동 스위치를 올리고, 인공지능을 활성화시키자 조종석 주변의 게이지와 센서들이 하나씩 켜지기 시작했다.

— 인공지능 에리카43 수면 모드에서 활성화로 변경되었습니다. 반갑습니다. 홍련 님.

"안녕, 곧 출발할 거니까 계기 점검해줘."

— 목적지는 어디인가요?

"알파센터우리 27번 행성이야."

— 거긴 조합에서 접근 금지를 선포한 곳입니다. 비상 상황이 발생해도 구조대가 오지 않는 곳이죠.

"알아. 장화 언니가 68시간 전에 그곳에서 실종되었어."

잠깐 인공지능이 침묵을 지켰다. 인공지능의 모체가 다름 아닌 죽은 어머니였기 때문에 그런 것 같았다.

— 최대한 빨리 출발하도록 하겠습니다. 홍련 님.

"언니가 나한테 남긴 메시지 같은 거 없는지 확인해줘."

— 체크하겠습니다. 조종석의 안전벨트를 매주시고 헬멧에 비상 호흡 장치를 연결해주시기 바랍니다.

홍련이 벨트를 매고 헬멧에 호흡 장치를 연결하는 동안 에리카43이 홀로그램으로 메시지 하나를 띄웠다.

— 장화 님이 운크라에 비밀 메시지를 하나 남겨놨습니다. 오직 홍련 님만 볼 수 있도록 록을 걸어놨습니다.

"내 홍체 스캔해놓은 걸로 풀어줘."

잠시 후 장화의 홀로그램이 떴다. 우주복 차림의 언니를 본 홍련의 눈가에 눈물이 감돌았다.

"홍련아. 내가 실종되었다는 얘기를 들으면 분명 나를 찾으러 오겠지? 하지만 오지 마. 난 이곳에서 할 일이 있어."

"무슨 일?"

홍련의 물음에 마치 대답이나 하듯 장화의 홀로그램이 말했다.

"어머니를 찾으러 가는 중이야. 혹시나 문제가 생기면 정동우라는 사람을 찾아가. 하지만 내가 돌아올 때까지 오지 말고 기다려. 오지 말고……."

"왜 이래?"

— 홀로그램 메시지를 저장하지 않고 끈 것 같습니다. 그러면 마지막 메시지의 영상이 지금처럼 흐려집니다.

"언니답지 않네."

— 출발 준비가 완료되었습니다. 목적지는?

"알파센터우리 27번 행성으로, 거길 부활 행성이라고 부르지?"

— 과학적으로 입증되지 않았습니다.

"가면 진짜 죽은 사람들과 만날 수 있을까?

— 그 주장에 관해서는 약 6만 7천 건의 뉴스와 기사가 있지만 확

인된 것은 단 한 건도 없습니다.

"일단 출발해!"

메인 엔진이 가동되면서 주변에 있던 엔지니어들과 드로이드들이 서서히 물러났다. 메인 엔지니어가 조종석이 보이는 곳까지 걸어와서 잘 가라는 듯 손을 흔들어줬다. 답례로 경례를 한 홍련이 조종간을 잡았다. 서서히 떠오른 좌수호는 게이트 입구를 향해 날아갔다. 센서들로 가득한 입구를 통과한 좌수호의 앞에 검은 우주가 보였다. 우주선과 화물들이 오가는 게이트 주변을 지나자 좌수호의 양쪽 날개가 펼쳐졌다. 아버지가 섬세하게 개조한 타키온 펄스 엔진 특유의 진동이 조종간을 통해 느껴졌다. 어린 시절부터 익숙해진 그 느낌을 통해 홍련은 행복했던 시절을 떠올릴 수 있었다. 10년 전, 어머니가 우주병으로 세상을 떠나고, 우주 비행을 포기한 아버지가 레이아나 허라는 새로운 부인과 그녀의 아이들을 데려오면서 끝장나버린 그 시절.

— 푹 주무셨습니까? 알파센터우리 27번 행성에 접근하고 있습니다.

잠, 아니 과거에서 깨어난 홍련은 신선한 공기를 맛봤다. 에리카43이 잠에서 깨어나는 그녀를 위해 준비한 것 같았다. 숨을 크게 들이켠 홍련은 조종간을 잡으면서 디스플레이와 홀로그램을 살폈다. 사람들이 부활 행성이라고 부르는 27번 행성과 주변의 궤도들이 보였다.

— 진짜 이곳으로 가실 겁니까?

에리카43의 물음에 홍련이 대답했다.

"언니를 찾아야지."

— 제가 계산한 결과 장화 님을 만날 확률은 2.33퍼센트이고, 둘이 무사히 귀환할 확률도 3.03퍼센트에 불과합니다.

"그 정도면 나쁘지 않네. 언니가 사라진 지점을 기준으로 최적 진입 궤도 계산해주고, 어느 부유 포드에 내렸을지 예측해서 알려줘."

— 장화 님의 생체 신호가 잡히지 않고 있습니다.

"시신이라도, 그게 없으면 시신 조각이라도 들고 돌아갈 거야."

홍련이 강경하게 말하자 에리카43이 주저하다가 말했다.

— 장화 님이 탄 우주선이 실종되기 전 다른 우주선이 근처를 비행했습니다.

"어떤 우주선?"

에리카43이 홀로그램으로 다른 우주선 하나가 궤도로 접근하는 장면을 보여줬다. 삼각형 몸통에 외부 추진기가 덕지덕지 붙은 우주선의 모습을 본 홍련의 눈이 저절로 찌푸려졌다.

"롱 아이언호잖아?"

— 맞습니다. 레이아나 허의 큰아들이자 홍련 님의 이복 오빠인 장수기가 모는 우주선입니다.

"이복 오빠는 무슨, 재수 없어."

레이아나 허에게는 세 명의 아들이 있었고, 큰아들인 장수기 역시 손꼽히는 조종사였다. 하지만 장화와 홍련 자매에게는 더없이 싸늘하게 대해서 두 사람이 집을 나와 일찍부터 조종간을 잡게 된 원인의 제공자이기도 했다. 그 후, 종종 우주 비행 중에 마주치긴 했지만 되도록 피하려고 했다. 잠깐 짜증을 냈던 홍련은 고개를 갸웃거렸다.

"관제 휴머노이드는 언니의 우주선 근처에 아무것도 없었다고 했는데?"

— 표면상은 그렇습니다. 누군지는 몰라도 관제 휴머노이드가 보여준 홀로그램을 살짝 조작했습니다.

"그렇다면?"

— 장화 님이 타신 환상호와 롱 아이언호는 육안으로 관측이 가능할 정도로 접근했습니다.

"정보는 누가 숨기는 거지?"

잠시 주저하던 에리카43이 대답했다.

— 현재로서는 레이아나 허 이사일 가능성이 높습니다. 관제 관련 업무를 총괄하고 있으니까요.

"확실한 건 언니를 만나야 알 수 있겠네. 어디로 내려갔을 거 같아?"

에리카43은 홀로그램에 진입 궤도를 계산해서 보여줬다.

— 남겨진 위치와 가장 가까운 부유 포드는 NK 6623입니다.

"알겠어. 그쪽에 알려서 착륙 승인을 받아줘."

— 그 포드의 소유주인 정동우에게 연락하겠습니다.

"언니가 만나보라고 했던 바로 그 사람이네?"

— 맞습니다. 현재까지 두 사람이 접촉한 흔적은 없습니다.

"그리고 언니가 마지막에 남긴 영상 메시지도 다시 분석해줘. 아무래도 찜찜해."

— 알겠습니다. 이제 행성에 진입하겠습니다.

자세제어용 부스터에서 불이 뿜어져 나오더니 좌수호의 기수가 부활 행성으로 향했다. 행성이라기보다는 거대한 가스층과 그 아래 괴물이 사는 곳이다. 그리고 그곳에 가면 죽은 사람과 만날 수 있다는 이야기가 전해지고 있다. 그래서 부활 행성이라는 이름이 붙은 것이다.

"언니가 왜 이곳으로 왔을까?"

홍련의 중얼거림에 부활 행성으로의 진입 궤도 계산을 마친 에리카43이 대답했다.

— 이곳에 오면 죽은 사람을 만날 수 있다는 속설이 있습니다.

"알아, 하지만 언니는 그런 데 휘둘릴 사람이 아니라고."

대기권을 뚫고 들어가자 부활 행성의 희뿌연 표면층이 보였다. 부활 행성의 표면은 불안정한 가스층으로 뒤덮여 있었다. 그리고 그 아래에는 '촉수'라고 부르는 토착 생명체가 살았다. 가스층이 워낙 두터워서 전파가 통과하지 못했다. 호기심 많은 인간들이 각종 탐사 장치를 내려보냈지만 촉수에 의해 파괴되었기 때문에 가스층 아래가 어떤지는 아무도 몰랐다. 별다른 자원도 없었고, 항로와도 많이 떨어져 있었기 때문에 차츰 관심에서 멀어졌다. 그러다가 언제부터인가 이곳에 죽은 사람들의 영혼이 모인다는 소문이 돌았다. 그래서 가끔씩 죽은 가족들의 영혼을 만나기 위해 방문하는 사람들이 있었다. 그 밖에 부활 행성에는 살기 위해 가스층 아래로 뛰어내리는 '점퍼'들이 살고 있었다.

고도가 낮아지자 마치 연기 같은 가스들이 우주선 주변을 감쌌다. 불안정한 기류에 우주선이 잠시 흔들렸지만 에리카 43의 도움과 홍련의 탁월한 조종 솜씨로 기류를 헤치고 계속 하강했다. 활활 타오르는 듯한 가스층 아래로 부유 포드가 보였다. 반중력 리펄서를 이용해서 가스층 바로 위에 떠 있는 형태였다. 점퍼들이 지내는 곳으로, 물자를 받기 위해 우주선이 착륙하는 착륙장이 한쪽에 갖춰지긴 했지만 불안정한 기류와 가스 때문에 착륙하는 것이 쉬운 일은 아니었다. 온 신경을 집중한 홍련은 조종간을 움켜쥔 채 균형을 잡기 위해 애썼다. 그나마 우주선이 유선형이라서 불안정 기류를 잘 이겨냈다. 간신히 착륙장에 내려서서 날개를 접자 통신망으로 남자의 갈라진 목소리가 들렸다.

"위태로워 보였는데 제대로 착륙했군요. 부활 행성에 오신 걸 환영합니다."

"착륙을 허가해줘서 고맙습니다."

"내 안드로이드들이 우주선을 고정시킬 거요. 그리고 여기서는 감압복을 입어야 하니까 내가 들어가서 건네주겠소."

"기다릴게요."

잠시 후, 바퀴가 달린 안드로이드들이 와서 좌수호를 고정시켰다. 금속으로 된 줄이 표면을 긁는 소리가 들리자 에리카43이 짜증스러운 말투로 얘기했다.

— 돌아가서 표면 코팅을 다시 해야겠어요.

"인공지능을 계속 활성화시키고 있을 테니까 언니에 관한 정보가 들어오는 대로 알려줘."

— 알겠습니다.

고정 작업이 완료되자 주황색 감압복을 입은 사람이 성큼성큼 걸어오는 게 보였다. 조종석에서 일어난 홍련이 출입구로 가서 도어를 내렸다. 내부의 공기와 외부의 가스가 서로 엉키면서 시끄러운 소리가 났다. 도어 안으로 들어온 사람이 서둘러 닫으라는 손짓을 했다. 도어가 닫히자 그는 호흡기가 달린 호스를 떼고 헬멧을 벗었다. 그러자 잿빛 머리에 창백한 회색 눈을 한 남자의 얼굴이 보였다.

"생각보다 어리군."

"열일곱이에요. 우주선을 조종하기에는 부족하지 않은 나이죠. 배홍련이라고 해요."

"이 우주선을 본 적이 있는데 내부로 들어온 건 처음이군."

"어디서 보셨나요?"

그녀의 물음에 정동우가 씩 웃으며 대답했다.

"20년 전 게이트 행성에서. 인공지능에게 착륙 요청을 받아서 허가를 해주긴 했지만 무슨 일이지?"

"이곳 근처에서 언니의 우주선 신호가 사라졌어요."

홍련의 얘기를 들은 정동우가 무거운 표정을 지었다.

"그랬군. 안 그래도 착륙 요청을 받을 때 그것과 관련된 일인 것 같았는데."

"단서가 있나요?"

"일단 본관 건물로 가서 얘기를 나누지. 이걸 입어."

홍련은 정동우가 건넨 감압복을 입고 헬멧을 썼다. 정동우가 호흡기를 연결하면서 말했다.

"가스와 기류 때문에 강풍이 부는 것 같은 느낌일 거야. 자성이 있는 부츠니까 한 발 한 발 조심스럽게 내디뎌야 해. 잘못해서 날아가면 그대로 끝이야."

그다음 얘기를 하지는 않았지만 무슨 뜻인지는 금방 알아차렸다. 홍련이 손가락으로 '됐다'는 신호를 보내자 정동우가 앞장서서 밖으로 나왔다. 미리 각오하긴 했지만 험난한 기류 때문에 홍련의 몸이 휘청거렸다. 걱정스러운 표정으로 정동우가 돌아보자 그녀는 괜찮다는 손짓을 했다. 무거운 자석 부츠 때문에 걷는 게 힘들었지만 겨우겨우 정동우를 따라 본관 건물에 도착했다. 문 안에서는 자동으로 감압을 해주는 장치가 산소를 마구 뿜어내고 있었다. 시큼한 합성 산소의 맛을 느끼면서 감압복을 벗자 정동우가 문을 가리켰다.

"저쪽이야."

안으로 들어가자 벽 한쪽을 차지한 화면에 붉은색, 푸른색 빛들이 번쩍거리는 게 보였다. 그 옆에는 가스층을 보여주는 일반적인 화면들이 있었다.

"촉수들의 움직임을 확인하는 거야. 점프를 하려면 촉수들을 피해야 하거든."

"거기서 뭘 얻는 거죠?"

사실 부활 행성의 점퍼들이 무엇을 위해 위험을 무릅쓰고 점프를 하는지는 알려져 있지 않았다. 누구는 촉수의 눈이라고 했고, 또 누군가는 행성 표면에 있는 알칸타라라고 부르는 희귀한 금속이라고도 말했다. 홍련의 물음에 정동우는 주저하다가 대답했다.

"우린 죽은 자에 대한 기억을 찾아주고 있어."

"그게 저 가스층 아래에 있다는 말씀이신가요?"

"보통은 믿지 않지."

정동우의 말에 홍련이 당연하다는 듯 대답했다.

"지금은 33세기예요. 인간이 지구에서 원시생활을 했을 땐 신과 영혼을 믿었지만 지금 그런 걸 믿는 사람은 아무도 없어요."

홍련이 목소리를 높이자 정동우가 진정하라는 손짓을 했다.

"당연하지. 하지만 이곳은 좀 달라."

그러면서 화면을 가리켰다.

"지금으로부터 95시간 전에 우리 포트의 외부 카메라가 찍은 거야."

회색의 가스층들 사이로 불타는 유성 같은 게 비스듬하게 떨어지는 모습이 보였다. 그걸 본 홍련의 표정이 딱딱하게 굳었다.

"우주선이 추락하는 것 같네요."

"너도 알다시피 이 근처에 오는 우주선들은 별로 없어. 기존 항로와도 멀고, 조합에서 접근 금지 구역으로 지정했으니까."

"저게 언니가 탄 환상호인가요?"

"시간과 궤도를 생각해보면 그럴 가능성이 높아."

"지표면으로 떨어지면 어떻게 되는 거죠?"

그녀의 얘기를 들은 정동우가 바닥을 내려다보면서 대답했다.

"부활 행성에는 바닥 같은 건 없어. 오직 심연이 있을 뿐이지."

"언니 우주선이 왜 추락한 거죠?"

정동우가 고개를 저으며 대답했다.

"교신을 시도했지만 통신기가 고장 났는지 교신이 안 됐어."

"그 이후는요?"

"부활 행성의 가스층은 전파가 뚫지 못해. 저 밑이 어떻게 생겼고, 뭐가 있는지는 아무도 모른다고."

"점퍼들이 내려가지 않나요?"

"그들이 보는 것이 진짜라고 생각해?"

예상 밖의 대답을 들은 홍련의 표정이 굳어졌다.

"저는 지금 말장난을 들으러 온 게 아니에요."

"믿음이 있어야 뛰어내릴 수 있어."

"어떤 믿음이요? 저기 내려가면 죽은 가족을 만날 수 있다는 망상 같은 거요?"

그때 경고음 같은 것이 울렸다. 놀란 홍련이 물었다.

"뭐죠? 촉수가 공격하는 건가요?"

"촉수는 공격 같은 거 안 해. 이쪽으로 와."

정동우가 홍련을 데려간 곳은 바로 옆방이었다. 커다란 원형 모니터가 하나 있었다. 녹색 바탕의 화면 위로 굵은 촉수들이 이리저리 움직이는 모습이 보였고, 카메라는 계속 아래로 내려가는 듯했다.

"이건 뭔가요?"

"잠깐 기다려봐."

정동우는 홍련 쪽을 쳐다보지도 않고 대답하더니 모니터 앞의 조이스틱을 이리저리 조종하기 시작했다. 화면은 촉수들을 피하듯 이리저리 움직이면서 계속 내려가는가 싶더니 순간 아무것도 보이지 않았다. 옆에서 지켜보던 홍련이 물었다.

"고장 난 건가요?"

"아니, 심연으로 내려가는 중이야."

"그게 뭔데요?"

"제일 아래 두꺼운 가스층을 심연이라고 부르지. 거긴 전파가 도달하기도 어렵고 뚫기는 더 어려워. 이건 케이블이 달린 유선 카메라야."

두 사람이 대화를 나누는 사이 화면이 다시 밝아졌다. 한숨을 돌린 정동우가 말했다.

"심연 아래로 내려간 모양이군."

"거기 뭐가 있는 거죠?"

정동우는 아무런 대꾸 없이 또다시 조이스틱을 움직였다. 구름처럼 보이는 가스들이 스쳐 지나가는 가운데 화면에 갑자기 뭔가가 선명하게 보였다. 화면에서 눈을 떼지 않은 채 정동우가 대답했다.

"저게 있지."

무심코 화면을 본 홍련은 비명을 지르며 주저앉았다. 그러자 에리카43의 걱정스러운 목소리가 이어폰으로 들려왔다.

— 괜찮아요? 지금 심박수가 엄청나게 빨라지고 있어요.

"저, 저기 엄마가 있어."

홍련이 떨리는 목소리로 말하자 에리카43이 지직거렸다. 예상 밖의 대답을 들었을 때 인공지능이 종종 내는 잡음이었다.

— 엄마라뇨?

"엄마가 보여. 여기 부활 행성의 심연 아래에."

후들거리는 다리로 일어난 홍련이 모니터 앞에 섰다. 화면에는 10년 전 세상을 떠난 엄마가 보였다.

— 불가능한 일이에요.

"알아. 하지만 분명히 내 눈으로 봤어. 이건 엄마가 틀림없다고."

홍련은 선 채로 왈칵 울음을 터뜨렸다. 우주선을 집으로 삼아 이리저리 여행을 다니던, 가장 행복했던 시절이 떠올랐기 때문이다. 어머니의 사망과 아버지의 재혼으로 그 행복했던 시절은 영원히 사라져버렸기에 더 소중하게 여겨질 수밖에 없었다. 부들부들 떨면서 화면 앞으로 간 홍련이 정동우에게 물었다.

"어떻게 된 거죠?"

"어떤 대답을 원하느냐에 따라 달라져."

"자꾸 말 돌리지 말아요. 아저씨!"

홍련은 버럭 소리를 지르면서도 화면에서 눈을 떼지 못했다. 비록 하얀색 가스들이 뭉친 형상이긴 했지만 눈에 보이는 건 분명 엄마였다. 곱슬거리는 머리와 두툼한 입술, 그리고 환한 미소 등 보이는 것들은 모두 엄마의 흔적이었다.

"어, 엄마!"

화면을 보면서 눈물을 흘리는 홍련에게 정동우가 조심스럽게 말했다.

"심연 아래의 가스들이 우연히 저런 모양으로 뭉칠 수도 있고, 아니면 이 행성의 알 수 없는 에너지가 죽은 사람의 영혼을 불러 모은 것일 수도 있어. 어느 쪽을 믿는지는 보는 사람의 마음이야."

"어떻게 저럴 수가 있죠?"

홍련이 떨리는 목소리로 묻자 정동우가 고개를 저었다.

"수도 없이 점프를 했지만 나도 모르겠어. 확실한 건……."

한숨을 쉰 정동우가 화면을 손가락으로 톡톡 치면서 덧붙였다.

"심연 아래로 내려가서 저걸 직접 보면 환상인지 실체인지 알 수 없는 걸 느낀다는 거지."

"그래서 점프를 하는 건가요? 죽은 가족들을 만나기 위해서?"

그녀의 물음에 정동우는 말없이 우주복을 풀어서 가슴을 보여줬다. 가슴에는 그를 포함한 가족들의 모습이 문신으로 새겨져 있었다.

"20년 전 게이트 행성에서 살아남은 건 나 혼자뿐이었어. 그 후 우주를 떠돌아다니다가 우연찮게 이곳 부활 행성에 대해서 알게 되었지. 나도 처음에는 너처럼 믿지 않았어. 그리고 네 언니도 마찬가지였지."

"어, 언니도 이 사실을 알았나요?"

정동우는 놀란 듯한 홍련의 물음에 고개를 끄덕였다.

“점퍼들이 운크라 시스템에 확인한 영상을 올려. 그걸 보고 연락하라고 말이야.”

“언니가 연락을 했나요?”

“먼저 연락한 건, 장수기 조종사였어.”

“그 사람이 왜요?”

홍련의 물음에 어깨를 으쓱한 정동우가 대답했다.

“잘 몰라. 위치가 어딘지, 언제 본 건지 물어본 게 전부였어.”

홍련은 이어폰으로 에리카43을 호출했다.

“언니의 운크라 이메일을 확인해줄 수 있어?”

— 언제 걸 말인가요?

홍련이 바라보자 정동우가 손가락 일곱 개를 펼쳤다.

“7일 전.”

— 잠시만요. 장수기 씨가 장화 님에게 보낸 메시지를 찾았어요.

“어떤 내용인데?”

— 지워져서 내용을 확인할 수 없어요. 보냈다는 사실도 지웠는데 메모리 파일로 들어가서 확인한 겁니다.

“장수기가 언니한테 엄마의 모습이 찍힌 영상을 보냈고, 언니가 그걸 보고 이곳으로 온 거네.”

— 그럴 확률이 높습니다. 장화 님이 운크라에 남겨놓은 비밀 메시지의 전송 시간을 체크해봤습니다.

"언젠데?"

주저하던 에리카43이 대답했다.

— 68시간 전입니다.

"뭐라고?!"

홍련이 부들부들 떨면서 화면을 노려봤다.

— 아마 부활 행성으로 추락하면서 급히 영상 메시지를 보낸 모양입니다.

"날 걱정한 거야. 언니가 실종되었다는 소식을 들으면 내가 찾으러 올 줄 알고 말이야. 그리고 장수기는 애초에 나까지 노렸겠지."

— 우리가 타키온 엔진을 이용해서 웜홀로 오는 바람에 위치를 놓친 것 같아요.

주먹을 불끈 쥔 홍련이 중얼거렸다.

"마녀가 왜 나한테 언니의 실종 소식을 전해줬는지 알겠어. 에리카! 롱 아이언호의 위치를 파악할 수 있겠어?"

— 서치 중입니다만 확인이 안 되고 있습니다.

"이 근처에 있는 게 분명해."

— 통신과 레이더 장비를 끈 것 같아요.

"젠장!"

홍련이 화를 내자 정동우가 옆에서 끼어들었다.

"찾을 방법이 있어."

"뭔데요?"

"따라와."

정동우가 홍련을 데리고 간 곳은 커다란 천체 망원경이 있는 방이었다. 구석에 있는 의자에 앉은 정동우가 양자 컴퓨터를 가동시켰다.

"부활 행성은 가스 때문에 레이더가 먹통일 때가 많아. 그래서 항상 영상으로 관측할 수 있는 장비를 갖춰놓고 있지."

홍련에게 옆에 앉으라고 손짓을 하며 그가 덧붙였다.

"이걸로 롱 아이언호를 찾을 수 있을 거야."

정동우의 옆자리에 앉은 홍련이 에리카43을 호출했다.

"롱 아이언호가 어디쯤 있을지 예측해줘. 분명 궤도를 돌면서 나를 기다리고 있었을 거야."

— 시간과 롱 아이언호의 성능을 바탕으로 추정한 위치를 보내겠습니다.

잠시 후, 홍련이 팔목에 찬 홀로그램 생성기를 통해 부활 행성의 전경이 떴다. 그리고 몇 개의 궤도가 주변에 그려졌다. 궤도의 위치를 확인한 정동우가 조이스틱으로 천체망원경을 회전시켰다. 그리고 초점을 이리저리 맞추더니 외쳤다.

"찾았어. 2번 궤도를 돌고 있는 중이야."

"언니처럼 궤도에 진입할 때 공격해서 추락시키려던 속셈이 분명해."

— 지금도 위험하긴 마찬가지입니다. 롱 아이언호의 외부 추진기를 사출해서 여기에 명중시킬 수 있거든요.

에리카43의 경고를 받은 홍련이 정동우를 바라봤다.

"위치를 이동할 수 있나요?"

"가능하긴 한데 장비들이 많아서 빠르게 움직이지 못해. 거기다 여긴 기류가 불안정해서 직접 맞지 않더라도 충격만으로 뒤집어질 수 있거든."

"저쪽도 여길 볼 수 있나요? 착륙 포드에 우주선이 있는 걸 알면 우릴 공격할 거예요."

"지금은 가스층이 두꺼워서 못 봐. 하지만 두 시간 정도 지나면 가스가 걷힐 거야."

"그 안에 방법을 찾아야겠네요. 에리카! 롱 아이언에게 들키지 않고 부활 행성을 벗어날 수 있겠어?"

— 어렵습니다. 아시다시피 롱 아이언의 외부 관측 장비와 센서들은 우주 최고 수준이라서요.

"다른 방법을 찾아야겠네."

의자에서 일어난 홍련이 천체망원경을 바라보면서 생각에 잠겼다.

"부활 행성을 탈출하는 게 어려운 상황이라면 반대로 롱 아이언호를 속여서 끌어 내리는 수밖에는 없겠는데."

생각에 잠겨 있는 홍련에게 정동우가 말했다.

"방법이 하나 있긴 해."

"어떤 거요?"

주저하던 정동우가 화면을 바라보며 대답했다.

"사실 점프를 하면서 본 게 또 있어."

그러면서 홀로그램 생성기로 뭔가를 보여줬다. 처음 보는 남자의 얼굴에 홍련이 물었다.

"누군데요?"

"마샨 장, 장수기의 아버지이자 레이아나 허의 전남편이지."

"이걸 어떻게 하게요?"

"장수기에게 보여주게. 나와 연락했을 때 자기 아버지의 영혼을 보면 꼭 알려달라고 했거든."

"그런데 왜 알려주지 않은 거죠?"

홍련이 미심쩍은 표정으로 묻자 정동우가 차갑게 말했다.

"의심스러워서 말을 안 했지. 그리고 나를 이용해서 네 언니를 죽인 게 사실이라면 가만둘 수 없어."

자리에서 일어난 정동우가 아까 들렀던 방으로 향했다. 그리고 그곳에서 홀로그램 생성기를 이용해 양자 컴퓨터의 운크라 시스템에 접속했다. 그러면서 홍련에게 말했다.

"아까 내 자리로 가서 롱 아이언호의 진로를 확인해줘."

"네."

자리에서 일어난 홍련이 방금 그가 앉았던 의자에 앉았다. 동그란 화면에 부활 행성의 궤도를 돌고 있는 롱 아이언호가 잡혔다. 가스 사이로 희미하게 보이던 롱 아이언호의 외부 추진기에서 빛이 나는 게 보였다. 롱 아이언호가 서서히 궤도에서 벗어나 하강하는 모습을 본 홍련이 외쳤다.

"내려오고 있어요!"

"동서쪽?"

어느 틈엔가 옆으로 온 정동우의 물음에 홍련이 고개를 끄덕거렸다.

"네."

"제대로 걸렸군."

"거기 뭐가 있는데요?"

"높은 촉수가 있는 곳이야. 다른 촉수들보다 두 배는 더 높은 곳까지 올라와서 그쪽으로는 아무도 가지 않아."

"그럼……."

홍련이 차마 말을 잇지 못하자 정동우가 고개를 끄덕였다.

"다른 사람을 속여서 죽음에 이르게 했다면 자기도 같은 벌을 받아야지. 계속 지켜보자."

홍련이 자리에서 일어나고, 이번에는 정동우가 자리를 차지했다. 화면을 계속 지켜보던 홍련이 움찔했다.

"가스를 뚫고 촉수가 나왔어요!"

"롱 아이언호는?"

"방금 붙잡혔어요. 빠져나가려고 외부 추진기를 전부 아래로 향했네요."

"소용없을 거다. 촉수가 끌어당기면 배틀 스타급 우주선도 빠져나가지 못해."

정동우의 말대로 롱 아이언호가 외부 추진기를 전부 가동했음에도 불구하고 촉수를 뿌리치지 못했다. 서서히 끌려들어가는 롱 아이언호를 보던 홍련이 에리카43을 호출했다.

"통신 연결돼?"

— 가능합니다.

"연결해줘."

— 롱 아이언호와 통신 연결합니다.

잠시 후 지직거리는 소리와 함께 장수기의 비명이 울려 퍼졌다.

"으악! 살려줘!"

"언니를 그렇게 죽게 하고 살기를 바라는 거야?"

"미안해! 나는 시키는 대로 했을 뿐이야!"

"누가 시킨 건데?"

"어, 엄마가 시켰어. 부활 행성으로 네 언니를 유인해서 죽이고, 네가 오면 기다렸다가 똑같이 해치우라고 말이야."

엉엉 울어대는 장수기의 입에서 계속 엄마라는 말이 흘러

나왔다. 분노한 홍련이 물었다.

"대체 왜 우리를 죽이려고 한 거야!"

"엄마 말이, 아빠가 곧 죽을 것 같다고 했어. 우연히 유언장을 봤는데 우리한테 재산을 안 주고 너와 언니한테 준다고 적혀 있었대. 너희들이 먼저 죽으면 아빠 재산이 다 우리게 된다고 해서 그랬어. 미안해! 제발 살려줘!"

촉수의 압력 때문인지 장수기가 앉아 있는 조종석 주변이 찌그러지는 게 보였다. 더 이상 듣기가 고통스러워진 홍련이 통신을 끊었다. 잠시 후, 화면 속의 롱 아이언호가 촉수에 눌려서 찌그러졌다가 갈기갈기 뜯겨지는 모습이 보였다.

"이런다고 언니가 돌아오지는 않겠지만 그래도 속 시원하네요."

"음성은 녹음되어 있다. 필요하면 써도 된다."

정동우의 말에 홍련이 고개를 절레절레 저었다.

"새어머니 별명이 괜히 마녀인 줄 아세요? 이 정도로는 꿈쩍도 안 할 거예요."

"누가 레이아나 허한테 보내라고 했어?"

"그럼요?"

홍련의 반문에 정동우가 씩 웃었다.

"레이아나 허를 싫어하는 이사들에게 보내야지."

"아! 생각하지도 못한 일이에요! 도와주셔서 고마워요."

"네 아버지가 아니었다면 나도 살아 있지 못했을 거다. 이 정도는 당연히 도와야지."

사건이 일단락되고 언니의 죽음도 복수했지만 통쾌한 기분은 들지 않았다. 그런 홍련의 모습을 본 정동우가 물었다.

"점프해볼래?"

"심연으로요?"

대답 대신 고개를 끄덕거린 그는 아까 들어왔던 곳의 반대쪽 문으로 향했다. 뒤따라가자 원형의 투명한 바닥이 있었고, 그 위쪽으로 크레인과 두꺼운 줄들이 보였다.

"여기가 점프하는 공간이다."

"내려갔다가 어떻게 올라오죠?"

"소형 추진기를 쓰면 된다."

"내려가면 만날 수 있나요?"

홍련의 물음에 정동우가 고개를 끄덕거렸다.

"만날 수 있다고 믿는다면."

"할게요."

정동우는 그럴 줄 알았다는 듯 활짝 웃었다.

점프를 위해서는 챙겨야 할 장비들이 많았다. 각종 센서와 카메라들이 덕지덕지 달라붙은 '점프복'이라는 슈트를 입어야 했고, 소형 추진기는 물론이고 밧줄을 착용해야 했다. 크레인을 가져와서 밧줄과 연결한 정동우가 헬멧을 씌워주면서 말했다.

"사실 내려가서 뭘 볼지는 모른다. 하지만 만날 수 있다는 믿음을 가지고 있다면 보답을 받을 거야."

"만약 가족들을 만나면 어떡해야 하죠?"

헬멧을 쓰고 잠금장치를 확인한 홍련이 통신기를 통해 묻자 정동우가 대답했다.

"말해줘. 그들을 얼마나 사랑하고 기억하는지를."

"알겠어요."

고개를 끄덕인 홍련이 출발 신호를 보내자 정동우가 크레인을 조작했다. 연결된 줄이 움직이면서 점프복을 입은 홍련이 바닥을 향해 거꾸로 매달렸다. 투명한 바닥을 통해 폭풍처럼 휘몰아치는 부활 행성의 모습이 보였다. 통신기에서 정동우의 목소리가 들렸다.

"할 일을 모두 마치거나, 위험 신호가 울리면 오른손 장갑에 있는 버튼을 눌러. 추진기가 회전하면서 올라갈 거니까. 준비됐니?"

홍련이 손으로 준비되었다는 신호를 보내자 정동우가 레버를 당겼다. 투명한 원형 바닥이 반으로 갈라지는 동시에 줄이 풀렸다. 거꾸로 매달려 있던 홍련은 곧장 부활 행성을 향해 내려갔다. 소형 추진기가 가동되면서 내려가는 속도는 더 빨라졌다. 헬멧 속 화면 한쪽에는 고도와 속도가 표시되고 있었고, 통신기로는 정동우의 목소리가 들려왔다.

"촉수가 움직이는 사이로 내려가! 방향 틀지 말고 곧바로 직진해!"

가까이서 본 촉수는 마치 살아 있는 기둥 같았다. 회백색의 잔주름으로 뒤덮인 촉수 사이를 지나자 뿌연 가스층이 보였다.

"저기가 심연인가요?"

홍련의 물음에 정동우가 대답했다.

"맞아. 저 아래야. 뚫고 들어가는 순간 충격이 있을지 모르니까 정신 차려!"

그 말이 끝나기가 무섭게 홍련의 몸은 심연으로 파고들었다. 충격이 오면서 균형을 잃을 뻔했던 그녀는 이를 악물었다. 마침내 거짓말처럼 심연이 끝나고 빛이 보였다. 중력이 하나도 느껴지지 않아서 몸이 마치 깃털처럼 가벼웠다. 통신기의 목소리도 더 이상 들리지 않는 가운데 환한 빛 사이로 뭔가가 보였다.

"엄마! 언니!"

새하얀 구름이 뭉쳐져 있는 곳에 엄마와 장화 언니가 손을 잡고 웃고 있었다. 홍련은 애써 참았던 눈물을 흘렸다. 두 사람을 보면서 행복했던 어린 시절이 떠올랐기 때문이다.

눈물을 삼킨 홍련이 말했다.

"잘 있어요. 그동안 고마웠어요."

두 사람에게 손을 흔들어서 작별 인사를 한 홍련은 오른손 장갑에 붙은 버튼을 눌렀다. 소형 추진기의 노즐 방향이 바뀌면서 홍련의 몸이 떠올랐다. 홍련은 심연을 벗어나 세상 밖으로 나갔다.

작가의 말

정명섭

고전과 SF의 결합은 언뜻 보면 굉장히 안 어울릴 것 같습니다. 사실, 쉬운 일은 아니었죠. 그럼에도 불구하고 두 개가 잘 결합된 이유는 양쪽이 지니고 있는 이야기의 무게감과 방향성이 비슷하기 때문입니다. 고전의 대부분은 이뤄질 수 없는 꿈을 얘기합니다. '홍길동'은 당대 사회의 보편적인 기준인 적서의 차별을 넘어서는 모습을 보여줬고, '춘향전'에서는 기생 춘향과 암행어사가 된 양반 이몽룡의 결혼이라는 현실적으로 불가능한 해피엔딩을 맞이했습니다. 신분과 성별의 한계 때문에 이룰 수 없는 것들을 묘사한 이야기가 고전으로 남았던 것이죠. 사이언스 픽션(Science Fiction)의 줄임말인 SF 역시 마찬가지입니다. 현재로서는 이뤄질 수 없거나 혹은 존재하지 않는 기술을 통해 이야기를 풀어나갑니다. 고전이 당대 사람들의 꿈을 실현하는 것이었다면 SF는 기술을 통해서 이야기를 진행합니다. 시간이 지나면 SF 작품들은 '장화홍련전' 같은 고전이 될 겁니다.

「부활 행성 — 홍련의 모험」은 제목에서 알 수 있듯 '장화홍련전'에서 모티프를 따온 것입니다. 계모의 구박과 모함 속에서 차례대로 목숨을 잃은 장화와 홍련 자매가 다시 부활해서 복수한다는 내용은 가부장적인 사회에서 힘들게 살아가던 여성들에게 큰 위안이자 희망으로 비춰졌을 것입니다. 이 작품에서도 새어머니의 계략에 의해 사라진 언니 장화를 찾기 위해 고군분투하는 홍련의 모습을 그렸습니다. 가족에 대한 애잔하고 따뜻한 감정은 시대가 지나거나 장소가 바뀐다고 해서 없어지거나 줄어드는 건 아니니까요. 이 작품이 '장화홍련전'에 대한 새로운 관심과 SF에 대한 이해도를 높일 수 있는 역할을 했으면 하는 바람입니다.

김성희

'DTS'를 모르는 사람이 있을까? 인터넷을 휩쓸고 있는 DTS 신드롬은 이제 한국을 넘어 세계로 뻗어나가고 있다. '밥은 먹었어?' 대신 'DTS 했어?'라는 인사가, '부자 되세요.' 대신 'DTS 하세요.'라는 덕담이 자리 잡은 지는 이미 오래.

DO **T**HE **S**CIENCE(두 더 사이언스). DTS는 한국의 백만장자 박흥부의 저서 『흥부의 과학』에 나오는 과학 법칙을 칭하는 말이다.

'부자는 노력하지 않습니다. 과학을 합니다.'라고 주장하는 흥부의 과학은 그야말로 대박을 터뜨렸다.

서울 소재 명문대학을 졸업했음에도 지독한 가난에서 벗

어날 수 없었던 박흥부는 오직 굶주림에서 벗어나고 싶다는 절박한 마음가짐으로 그의 전공인 과학에 매진했고, 마침내 누구나 쉽고 간편하게 부를 이룰 수 있는 과학 법칙을 개발해내는 데 성공했다. 전 재산이 뺨에 붙은 밥풀밖에 없었던 시골 청년 박흥부 역시 그가 개발한 DTS로 하루아침에 백만장자가 되어 이제는 강남에 빌딩만 해도 여러 채라고 한다.

박흥부의 인생 역전 신화를 그대로 옮겨놓은 자서전 『흥부전』 역시 연이어 대박을 터뜨렸다. 『흥부전』은 소설, 영화, 노래, 동화 등으로 다양하게 재창조되어 대한민국에서는 그의 감동 실화를 모르는 사람이 없게 되었다.

박흥부 본인뿐 아니라 수많은 사람을 부와 성공으로 이끈 흥부의 과학. 인터넷에 DTS로 부자가 되고 성공을 이루었다는 간증 글과 영상 등이 넘쳐나고, 본지에서도 DTS로 부자가 되어 꿈을 이룬 사람들을 취재한 특집 기사를 실었던 적이 있다. 그러한 성공 신화는 봐도 봐도 질리지가 않는 법.

그러나 이번엔 좀 더 특별한 인물을 취재했다. 『흥부전』에 등장하는 빌런이자 박흥부의 친형인 박놀부! 『흥부전』의 인기로 박흥부만큼이나 유명해진 박놀부지만 그는 좀처럼 세상에 모습을 드러내기를 거부해왔다. 그런 박놀부가 조심스럽게 세상에 첫발을 디딘다. 본지 단독 취재 독점 인터뷰이다.

Q. 경상도와 전라도가 맞닿은 어느 마을에 살던 박씨 형제. 형 이름은 놀부, 동생은 흥부. 본인은 그중 형, 놀부 본인 맞는지.

A. 네, 맞습니다.

Q. 흥부는 마음씨가 착하고 효성이 지극했던 반면, 놀부는 부모 형제도 몰라보는 심보가 아주 고약한 나쁜 놈이다. 심지어 부모가 돌아가신 후 재산을 독차지하고, 동생은 알거지로 내쫓았다.

A. 친절하시네요. 『흥부전』을 보면 난 그냥 나쁜 놈이 아니던데. 남 해코지하는 데 쾌감을 느끼는 미친 변태 새끼던데. 그래도 친절하게 심보가 고약한 나쁜 놈 정도로 정리해 주시고. 흥부 새끼 마음씨는 내가 모르고요. 그놈 속을 내가 어떻게 알겠습니까. 뭐, 주변 사람들은 그렇게 생각했을 수도 있겠네요.

Q. 그러니까 그게 팩트인가? 네, 아니요로 대답해달라.

A. 측정할 수도 없는 선악에 팩트를 따지다니. 어이가 없네요. 팩트냐고 묻는다면, 네. 맞습니다. 사실이긴 한데요, 진실은 아닙니다.

Q. 그래도 부모 재산을 독차지해서 흥부를 알거지 만든 것은 팩

트이지 않나. 상당한 재산이었다고 알려졌다. 마트 체인점 다수와 공장 하나.

A. 팩트를 묻기 전에 인과관계부터 따집시다. 결과적으로 부모님 돌아가시고 흥부가 조금 어려워진 건 사실입니다. 그런데 그게 어떻게 동생을 빼고 저 혼자만 부모 유산을 상속받은 게 됩니까? 조선 시대에나 됐지, 요즘 시대에는 그게 가능하지도 않습니다. 상식적으로 생각해보세요. 그럼 흥부 그 자식이 가만히 있었겠습니까? 상속에 관한 건 법으로 다 보장되어 있어요. 아시잖습니까?

나도 귀가 있으니까 사람들이 나에 대해 어떤 이야기를 하는지 다 듣습니다. 듣다보면 억울한 것은 둘째치고 참 안타까워요. 인과관계가 잘못되거나, 어떤 관계도 상관도 없는 말 같지도 않은 소리에 휩쓸리고들 있잖아요.

흥부 얘기도 마찬가지예요. 뭐가 착하다 나쁘다, 이렇게 누가 정해둔 건 아니지만, 세상에, 무능력한 거랑 착한 게 어떻게 쌤쌤이 됩니까? 결과적으로 착한 일이기만 하면 과정이 어떻든 전혀 알 바가 아닌가요? 세상 사람들이 어떤 생각인진 모르겠는데 난 그렇게 생각 안 해요.

흥부가 한때 어려운 사람들을 보면 못 지나치고 도와줬던 것은 사실입니다. 대학 시절 서울로 유학 가 있을 때도 좋은 일 많이 했죠. 배고프다는 동기 밥 사주고, 집안 사정 어려운 선배 등록금 내주고, 수술비로 울고불고하는 후배를 빚까지 내서 도와줬다죠. 그런데 그게 다 누구 돈인지 아십니까? 내가 일해서 번 내 돈이에요!

저는 고등학교를 졸업하자마자 소처럼 일만 했습니다. 대단한 명문대학은 아닙니다만 저도 그 지역에서 알아주는 학교에 당당하게 합격했었는데 일 때문에 얼마 다니지도 못했습니다. 부모님 재산을 흥부 빼고 나 혼자 독차지했다고요? 어머니 아버지 흥부, 다 저 때문에 먹고산 것이나 다름없습니다. 부모가 빌린 남의 구멍가게 하나를 내 명의의 마트 체인 여럿으로 만들어낸 자수성가한 사람입니다, 제가. 공장도 제가 제 돈으로 인수했고요. 부모 형제 도움 없이 오로지 저 혼자 벌어놓은 재산이었습니다. 그렇게 된 게 부모님이 돌아가시기도 훨씬 전이고요.

반면, 흥부는 제 손으로 연필 한 자루 값도 벌어본 적이 없는 놈입니다. 그래도 어머니 아버지는 흥부를 더 예뻐하셨지요. 직접 대놓고 말씀하신 적은 없지만 이 정도면 누가 봐도 편애하셨던 겁니다. 흥부가 서울에 있는 명문대학도 나오고 그러니까 좋아한 것이 아니냐는, 또 그런 전혀 관계없는 소리를 하실까 봐 말씀드리는데요. 거짓말 조금 더 보태서, 그 대학에 흥부를 입학시키려고 쓴 돈이면 학교를 새로 하나 지을 수도 있었을 겁니다.

부모가 더 좋아하는 자식이라고 해서 효자는 아니잖아요? 이것도 인과관계가 잘못된 거 아니겠습니까.

Q. 그래도 동생인데 돈 한 푼 없이 고생하는 것이 안타깝지도 않았나. 흥부는 생활고로 갖은 고생을 다 했다고 한다. 이 일 저 일 전전했는데, 대신 매를 맞아주는 아르바이트까지 하려 했다고. 『흥부전』에 유명한 일화가 소개되어 있다. '식당에 가서 구걸을 했는데 주인에게 주걱으로 뺨을 맞았습니다. 아픔보다는 맞은 뺨에 밥풀이 붙어 있다는 사실이 반가워 눈물이 났습니다.' 배가 고파 뺨에 붙은 밥풀을 떼어 먹었다는 대목을 보고 독자들 모두 눈물짓지 않을 수 없었는데.

A. 그게 정말입니까? 내 동생이지만 흥부는 새삼 참 대단하네요. 그 꼴을 당하고도 그런 인간이 되었다니. 이런 얘길 해주셔서 고맙습니다. 그래도 핏줄이라고 가슴속에 남아 있던 일말의 죄책감까지 말끔히 떨어내지는 기분입니다.

흥부에게 명문대학 졸업장도 만들어줬으니 설마 빌어먹기야 하겠느냐 싶었던 것도 있었죠. 그보다 흥부를 내치지 않았다면 그때 저도 흥부와 같이 길바닥에 나앉았을 겁니다.

옛날에야 제가 조금 먹고살 만했습니다만, 그야말로 옛날 일이지요. 대기업 대형마트가 이 작은 지방까지 밀려들어오고, 동네 사람들은 서울에서 뭐든 시켜대는데 저희 마트들이 어떻게 버텨내겠습니까. 사업체를 처분하고 처분당하기도 하면서 어떻게든 살아보려고 동네 작은 공장도 인수해 봤습니다.

이제 저도 뭔가 요즘 시대에 맞는 걸 해보려고 한 거죠. 최첨단 과학으로 뭘 어떡한다고 하니까 뭔가 대단한 물건 같아서 어렵게 인수했습니다만……. 생수병에 붙는 라벨을 만드는 공장이었는데요, 공장이 조금 돌 만하니까 생수병에 라벨을 더는 안 붙이는 시대가 되더라고요.

박놀부가 인정머리 없고 제 욕심만 챙긴다고요? 바늘로 찔러도 피 한 방울 안 난다고요? 집안이 거덜 나는 와중에도 흥부가 그놈의 '착한 짓' 하는 데 낸 빚만 내가 29번을 갚아줬어요. 그뿐인 줄 아십니까? 흥부 놈 술값 대랴, 놈이 수시로 도박질까지 해대는데, 내가 어머니 아버지와 다르게 그 뒤치다꺼리를 죽는 날까지 해내지 못한 게 이렇게 나쁜 놈이 될 일입니까?

Q. 어쨌든 흥부는 가난을 딛고 대박을 터뜨렸다. 『흥부의 과학』에 그가 연구 개발한 부와 성공의 원리를 과학적으로 밝혔다. 슬로건은 다음과 같다.

부자는 노력하지 않습니다, 과학을 합니다.

DO THE SCIENCE. 흥부의 과학.

누구나 쉽고 간편하게 부를 이룰 수 있는 세상이 되는 것이 꿈이라는 박흥부는, 그가 개발한 'DTS'로 그 꿈에 매일매일 가까워지고 있다. 흥부의 과학으로 누구나 부자가 될 수 있다는 주장을 역설한 흥부는 본인이 그 산증인이 되었다.

혹시 흥부의 과학을 알고 있는지, 가난한 동생이 성공했다는 소식을 들었을 때 심경은 어땠는지 궁금하다.

A. 처음엔 유튜브로 봤는데요. '열렬히 검색하면 이루어진다.'라는 DTS 중에 가장 유명한 법칙이요. 원하는 것을 인터넷에 열렬히 검색하면 원하는 것이 원하는 때에 이루어진다고요. 부와 성공은 얼마나 '열렬하게' 검색하느냐에 달렸다고 했습니다. 기존의 자기계발서 같은 데서 주장하는 것과는 완전히 차원이 다른 방법이라고. 원하는 것을 생생하게 상상할 필요도, 이미 가진 것처럼 편안한 감정일 필요도 없다고요.

흥부의 주장은 이런 겁니다.

포털사이트든 유튜브든 SNS든 인터넷으로 검색만 하면 관련 글이나 영상 등이 눈앞에 나타나게 되는데요. 이 지극히 일상적이고 간단한 일은 두 가지 현상을 일으키게 됩니다.

첫 번째로, 소망이 물리적인 실체가 됩니다. 쉽게 말해, 내 소망이 이 세상에 실제로 존재하게 됩니다. '서버'에 검색한 흔적이 생생하게 남기 때문이죠. 마치 실체 없는 영혼이 인간의 몸을 가지게 된 것과 같다나요.

검색만 해도 충분하지만, 유튜브, 블로그 같은 웹사이트나 SNS 등에 올리면 효과는 더욱 좋다고 합니다. 소망이 서버에 물리적인 실체로 더 많이 존재하게 되는 것은 물론이겠죠. 그에 더해 검색 노출, 좋아요, 공유 등으로 그 실체가 기하급수적으로 늘어나, 결과적으로 인터넷을 이용하는 다른 사람들까지 나의 소망을 이루는 데에 일조하게 되기 때문입니다. 즉, 내가 소망하지 않는 동안에도 소망이 나를 위해 일하는 시스템을 만들게 되는 것이죠.

무명 연예인의 유튜브 영상이 알고리즘의 간택을 받아 그가 하루아침에 톱스타가 되는 것이 좋은 예가 된다고요. 이 DTS를 잘 알고 있기 때문에 기업들은 인터넷 홍보를 최우선으로 합니다. 그들이 검색하지 않는 동안에도 다른 사람들이 검색하도록, 그래서 그들의 부를 늘리는 데 다른 사람들로 하여금 노력하게 하는 것이죠.

직업도 없는 SNS 인플루언서들이나 단지 맛있는 음식을 먹을 뿐인 유튜버들이, 죽을힘을 다해 노력하는 보통 직장인들보다 훨씬 더 많은 돈을 버는 것도 이런 DTS에 기반하고 있죠. 억울하게 생각할 것 없어요. 그들은 '열렬히 검색하면 이루어진다.'는 DTS를 본능적으로 알고 있던 아주 영리한 이들이니까요. 1 더하기 1은 누가 계산해도 2라는 값을 도출하는 것처럼, 과학 법칙은 누구에게나 적용되는 겁니다. 당신도 할 수 있다는 뜻이죠.

두 번째로, 원하는 것을 검색하면 소망을 현실에서 식접 볼 수 있게 됩니다. 관련 글이나 이미지나 동영상이 눈앞에 뜰 테니까요. 그걸 대충 훑기만 해도 인간의 눈, 귀 같은 감각 기관을 자극하게 됩니다. 그럼 그 자체로 뇌를 자극하게 되기 때문에 뇌에 전기신호를 일으키게 되죠. 즉, 소망이 전기신호가 되는 겁니다!

소망의 전기신호는 파동을 일으키며 세상을 향해 소망을 쏘아 보내게 되고, 그 결과 소망하는 것을 세상으로부터 끌어들이게 됩니다. 리모컨으로 TV를 원하는 대로 조작하는 것과 비슷한 원리입니다. 리모컨 버튼을 누르면 전기신호가 생기고 그 전기신호가 TV를 향해 적외선을 쏘아 보낸 결과 TV를 내 마음대로 조종할 수 있는 것처럼요.

게다가 알고리즘이라는 것 때문에 이용자가 검색을 하면 할수록 소망에 관련된 게시물을 더 많이, 더 구체적으로 보게 됩니다. 소망의 전기신호가 더 많이, 더 구체적으로 세상에 퍼져나가고 또 끌어들이게 되는 것이죠. 꿈을 이루는 속도가 기하급수적으로 올라가게 되는 겁니다.

양자물리학 세계에 있는 입자·파동과 뉴턴 물리학 세계에 있는 인터넷이 조화되고 힘을 합쳐 원하는 것을 끌어당겨주는 매우 과학적인 원리입니다.

세계 최고의 억만장자들인 빌 게이츠, 마크 저커버그, 일론 머스크가 열렬히 인터넷을 애용하고 있다는 건 너무나 잘 알려진 사실이죠. 그들만 봐도 DTS 법칙의 효과가 얼마나 뛰어나고 확실한지 알 수 있다고 합니다.

에너지니 주파수 같은 어디서 들어본 말도 있었고, 뇌과학을 운운하며 뉴런이니 시냅스 같은 소리도 했었던 것 같고요.

아, 무엇보다 감사하는 마음으로 마무리를 지어야 한다고 했습니다. 우리의 마음 중 감사가 가장 강력한 파동을 가졌기 때문입니다. 따라서 소망을 세상으로 내보낼 때 감사의 파동에 실어서 보내는 게 중요합니다. 감사는 소망을 싣는 도구입니다. 자동차나 로켓 같은 거죠. 얼마나 감사하느냐에 따라서 소망이 자전거를 타고 가느냐, 자동차를 타고 가느냐. 평범한 승용차를 타고 가느냐, 람보르기니를 타고 가느냐가 될 수 있습니다. 그렇게 되면 자주 많이 감사할수록 소망을 이루는 것도 더 빨라지는 셈이죠.

Q. 대단히 구체적으로 잘 알고 있다. 어떤 생각이 들었나?

A. 흥부 새끼가 정신이 나갔다고 생각했습니다.

Q. 놀라운 이론이긴 하다.

A. 그게 아니라, '흥부 이거 미친 ×××× 새끼 아냐? ×× ×× ×× ××× 누구 인생을 망치려고 이딴 ××소리를 ××× 지껄이는 거야?'라는 뜻입니다.

Q. ……무시하기엔 흥부의 과학으로 효과를 본 사람들이 많다. 흥부의 과학을 실천한 사람들의 90퍼센트 이상이 크든 작든 효과를 봤다고 한다. 이하는 후기인데 보고 느끼는 점이 있는지.

- 평생 월세를 전전했는데 흥부의 과학을 만나고 한 달 만에 제 이름으로 된 아파트가 생겼습니다! 감사합니다! 무한히 감사합니다!
- 흥부의 과학대로 DTS 하니 단기간에 주식 수익률 1200퍼센트 달성했습니다! 고맙습니다!
- DTS를 시작한 지 일주일 만에 명문대의 합격 통보를 받았습니다! 진짜 거지발싸개 같은 성적이었는데ㅠㅠ 이건 과학이 만든 기적이에요! 감사해요. 진짜 감사해요!
- 의사도 포기한 저를 흥부의 과학이 살렸습니다. 박흥부 선생님은 세상에서 가장 훌륭한 과학자이십니다. 흥부 님의 과학에 깊은 경의와 감사를 표합니다.
- 저도 처음엔 흥부의 과학, DTS 이런 거 절대 안 믿었거든요? 학교 다닐 때 과학 완전 극혐해서ㅠㅠ 문송합니다ㅠㅠ 그래도 출퇴근길 지하철에서 너무 할 거 없을 때 핸드폰으로 설렁설

렁 검색이나 좀 했을 뿐인데……. SNS 팔로워 수가 폭발적으로 늘었어요! 덕분에 지긋지긋한 직장 그만두고 SNS로 저만의 사업을 시작했답니다. 완전 땡큐 땡큐! 이제는 흥부의 과학의 열렬한 지지자가 되었어요! 요즘 부자는 노력하지 않아용, 과학을 한답니당. DO THE SCIENCE! 흥부의 과학 하시고 부자 되세요!

A. 이제 좀 무서워지려고 하네요. 흥부를 훌륭한 과학자라고 하는데, 아무리 봐도 저건 그냥 평범한 사이비 교주 아닙니까?

저 후기가 진짜인지 아닌지 확인할 방법도 없는 데다, 설령 저게 다 사실이라고 해도, 90퍼센트가 아니라 100퍼센트가 보톡스인지 DTS인지로 효과를 보았다고 해도 아무 쓸데도 없는 소리잖습니까.

Q. 100퍼센트가 효과를 봐도 말인가?

A. 당연한 거 아닙니까? 높은 확률은 의미가 없죠.

Q. 어째서인지?

A. '○○수'라는 다이어트 물을 마신 10,000명 중 90퍼센트가 다이어트에 성공했다고 합시다. 그럼 ○○수는 다이어트에 효과가 있는 물이라고 할 수 있을까요? 알 수 없죠. 만

약 ○○수를 마시지 않은 사람은 100퍼센트 모두 다이어트에 성공했다면요? 10,000명 모두 성공할 수 있었던 다이어트를 ○○수 때문에 1,000명이나 실패해버린 거잖습니까.

역시 ○○수를 마시고 다이어트에 성공한 사람이 100퍼센트라고 해도, 마시지 않고 성공한 사람도 100퍼센트라면 ○○수를 마시고 괜히 오줌만 많이 싼 셈이죠.

그러니까 홍부의 과학을 실천하고 효과를 본 사람들의 얘기만 들어선 아무 의미가 없다는 겁니다.

Q. 그래도 홍부의 과학은 사람들에게 긍정과 감사를 불어넣어주었다. 그거면 충분하지 않나.

A. 긍정과 감사요? 내가 누구 좋으라고 그렇게 살아줍니까? 긍정과 감사가 나 같은 사람한테도 좋은 게 확실합니까? 누명까지 쓴 마당에 그따위로 살면 이 시점에서 누구한테 좋겠습니까? 내가 아니라 홍부 새끼 아닙니까. 백번 양보해서 긍정과 감사로 부자가 된다고 해도 내 돈은 정신과 의사가 다 쓰게 되겠죠.

설령 홍부 놈이 선사한 긍정과 감사가 훈훈하고 따뜻한 것이라고 해도, 그건 언 발에 갈기는 오줌 같은 겁니다. 잠깐 따뜻할 뿐이고 결과적으로 더 악화되겠죠. 홍부의 문제점이 뭐냐면, 실패에 책임지지 않는다는 겁니다. 그럼 뭐 홍부가 남의 인생을 책임이라도 져야 하냐, 그런 뜻이 아닙니다. 그런 유의 주장들이, 실패하면 무조건 믿은 사람의 잘못이 되는 시스템이라는 말입니다. 물론 성공하면 흥부 덕분이고요.

Q. 고졸에 과학을 전공하지도 않았는데, 명문대 과학 전공자 출신인 흥부보다 과학에 대해 얼마나 알고 있다고 생각하나.

A. 말했다시피 나는 가방끈도 짧고, 어렸을 때부터 일만 해온 아주 무식한 사람입니다. 그래서 그런지 허튼 물건을 사서 돈을 버리는 경우가 많았어요. 게르마늄 팔찌라든지, 전자파를 차단해준다는 스티커, 음이온 선풍기 등등……. 그런 효과도 없고 사놓고 보면 쓸데도 없는 물건들을 가만히 보니까 공통점이 하나 있었습니다. 팔아먹을 때 꼭 과학을 들먹이더라고요. 명문대학, 유명한 과학자들, 어디선가 들어본 과학 이론들, 팩트라고 불리는 각종 통계자료를 무기처럼 휘두르면서요. 도대체 과학이 뭐기에? 그래서 난 과학이라는 말을 들으면, 그게 뭔지는 몰라도 일단 의심합니다. 나 같은 일자무식이라도, 정신만 똑바로 차리면 과학 운운하며 사기 치는 것들을 어느 정도는 걸러낼 수 있어요. 이건 과학 지식이 별로 없어도 할 수 있는 거예요. 어느 정도의 상식만 있으면 됩니다. 그 사람들 주장에서 한 발짝 떨어져서 생각할 수 있다면 말입니다. 도저히 정신을 차릴 수 없다

면 고양이 생각이라도 해보세요. 고양이는 인터넷을 못 하는데 어떡하지? 뭐 이런 생각이라도요.

게다가 흥부 놈이 학교 다닐 때 노름하고 술이나 퍼마실 줄 알았지 과학에 대해서 개뿔이나 알는지 의심스럽습니다. 물론 나보다는 잘 알겠지만 그게 뭐? 나보다 잘 안다고 모든 걸 안답니까? 나보다 잘 알면 구라 안 치고 헛소리 못 하나요? 양자물리학 들먹거리면서 끌어당기고 어쩌고 하는데요. 그런 걸로 세상에 있는 돈을 제 맘대로 땡길 수 있을 정도면 바로 노벨상 받는 거 아닙니까? 흥부가 노벨상을 받았다는 소리는 들어본 적이 없네요.

과학에도 분야가 세분화돼 있는 걸로 압니다. 흥부가 과학을 전공하긴 했지만, 내가 알기로 그놈은 새, 그중에서도 제비를 전공했어요. 흥부가 제비 몰러 중국이며 동남아 같은 데 나간다고 할 때마다 집구석에 기어들어와 연구비로 돈 얼마씩 뜯어 갔기 때문에 내가 또렷하게 기억하고 있습니다. 그게 흥부가 연구했다는 알고리즘이니 양자물리학 같은 거랑 얼마나 관련 있을지는 모르겠네요.

흥부 놈이 하는 말, 이래야 당신 꿈이 이루어진다, 이러면 부자가 못 된다, 뭐 그런 말 해도 그냥 적당히 무시하고 본인 할 거 하세요. 가만히 듣다보면 과학까지 들이대며 거의 협박 수준으로 지껄이는데, 가전제품 설명서도 아니고, 여러

분도 세상 살아봐서 알겠지만 세상일이 그렇게 딱 떨어지지 않습니다.

Q. 흥부가 부자가 되었다는 소식을 들은 후, 놀부가 흥부를 먼저 찾아갔다고 하던데 사실인가? 흥부가 어려울 땐 거들떠도 안 보다가 부자가 되니 찾아가는 건 좀 뻔뻔하다고 생각하지 않나?

A. 제가 먼저 흥부를 찾아간 건 사실입니다. 그런데 그놈의 자식이 어디서 눈먼 돈을 긁어왔나, 기어코 고소라도 당해서 다시 알거지가 되는 건 아닐까, 걱정이 돼서 찾아간 겁니다. 흥부 놈이 잘돼서 배가 아프다거나 무슨 콩고물이라도 떨어질까 해서 간 건 아닙니다.

Q. 그런데 고소당하고 가진 재산을 다 잃은 건 결국 놀부 당신이었다.

A. 억울합니다. 나는 그저 흥부 말대로 DTS 했을 뿐입니다.

Q. 흥부의 과학을 믿지 않으면서 흥부의 말을 들었던 이유는 무엇인가?

A. 앞서 말했다시피, 벌이가 예전 같지 않았습니다. 지푸라기라도 잡는 심정이었어요. 절박했고, 상황이 나아지는 데 도움이 된다면 뭐라도 해보고 싶은 그런 심정이요. 사람

들이 '열렬히 검색하면 이루어진다.'고 말하는 흥부에게 열광한 것도 나랑 비슷한 심정이 아니었을까 싶습니다.

그런데 처음부터 흥부의 말을 들어주려고 간 건 아니었습니다. 내가 할 말이 있어서 찾아간 거였어요.

Q. 무슨 말을?

A. 『흥부전』의 인세를 요구하러 간 것이었습니다. 내게 인세를 나눠주지 않으면 명예훼손으로 고소하겠다고 했어요. 이건 협박이 아닙니다. 저의 당연한 권리죠.

그 책에서 흥부가 저를 어떤 식으로 멕였는지 다들 잘 아시잖습니까. 저는 한국의 '국민 빌런'이 돼버렸습니다.

Q. 그렇다면 인세보다는 정정이나 절판을 요구해야 하지 않나?

A. 말했다시피, 금전 상황이 절박했습니다. 내 얼굴을 깎아서라도 돈이 나온다면 그것으로 족하다고 생각했어요.

Q. 흥부의 반응은 어땠나?

A. 바로 알겠다고 했습니다. 흔쾌히 인세의 절반을 주겠다고 했습니다.

Q. 인세도 받았는데, 왜 그런 짓을 벌인 것인가?

A. 인세는 생각보다 얼마 되지 않았습니다. 흥부가 살고 있는 고급 아파트에 입주하거나, SNS에 올라온 것처럼 외제차를 깔별로 골라 탈 수 있는 수준이 결코 아니더라고요. 그나마도 정산 문제로 출판사 사람들과 서로 더러운 꼴만 보다가 어느 순간 인세가 끊겨버렸죠.

그래서 흥부에게 네놈 돈은 다 어디서 났냐고 따지니, 강연 수입도 있고, 부가 수익도 있고…… 하면서 우물우물하더군요. 헛소리 집어치우고 열렬히 검색하라는 ×소리는 내 앞에서 꺼내지도 말라고 하자, 그제야 이실직고했습니다. 그렇게 나도 흥부의 과학에 발을 들이게 된 것입니다.

Q. 그래서 '감사수'를 만들게 된 것인가?

A. 그렇습니다. 다들 알다시피 '감사'는 흥부의 과학의 DTS 중 가장 핵심 법칙입니다. '감사의 물'인 '감사수'라는 개념도 『흥부의 과학』에 분명히 적혀 있죠. 흥부는 저에게 그 얘기를 꺼내더군요.

"사실 매일 감사하라는 말이요. 누구나 쉽게 할 수 있을 것 같고 간단해 보이지만 그게 사실 생각보다 쉽지도 간단하지도 않거든요. 무슨 감사를 어떻게 얼마만큼 해야 하는지 가늠이 안 되는 데다가, 그 감사의 마음이 진심인지 아닌지, 혹시 나도 모르게 불순한 마음이 섞인 것은 아닌지, 알 수도 확인할 수 있는 것도 아니고요. 무엇보다 요즘 사람들 한테는 매일 감사할 일을 찾는 것도 어려운 일이죠. 귀찮기도 하고. 그러니 점점 의욕도 없어지고, 처음엔 쉽고 간단해 보이던 감사도 점점 소홀하게 되고 잊어버리고. 결국 이전에서 한 발자국도 더 나아지지 않은 똑같은 인생이 반복되고 말죠. 저는 그런 것에 늘 안타까움을 느꼈어요.

형님도 물에 감사의 말을 들려주면 아름다운 결정이 생긴다는 유명한 사실을 아시죠? 노벨물리학상 수상자 리처드 파인만이 이런 말을 했어요. 'All things are made of atoms.' 모든 것은 원자로 이루어져 있다. 그럼 원자는 무엇일까요? 원자는 놀랍게도 입자이자 파동이에요. 이 세상 모든 것들이 알갱이 같은 입자인 동시에 소리나 물결 같은 파동이라는 얘기죠. 이보다 더욱 놀라운 사실은, 원자는 관찰하는 사람이 있느냐 없느냐에 따라서 입자가 되기도 하고 파동이 되기도 한다는 거예요. 믿기 힘드시겠지만 이건 과학자들이 이중 슬릿 실험을 하여 과학적으로 증명한 팩트입니다.

모든 사물은 원자로 이루어져 있는데, 그 원자라는 것이 입자가 될 수도 있고 파동이 될 수도 있다라……. 그건 즉, 우리 인간에게는 사물을 어떻게 보느냐에 따라 사물의 성질을 원하는 대로 바꿀 수 있는 힘이 있다는 얘기죠.

그래서 물에 감사의 말을 들려주면 물의 성질이 감사의 성질로 완전히 바뀌어, 물의 결정도 감사의 결정으로 아름답게 변하는 것이에요. 인간의 몸 70퍼센트가 물인 것도 과학적 사실이고요. 그래서 제가 개발한 것이 바로 감사의 물, '감사수'잖아요. 형님도 제 베스트셀러 『흥부의 과학』을 읽어보셨다면 알고 계실 테죠.

제가 과학적으로 트레이닝한 프로페셔널 프레이어들이 물에 과학적인 감사의 기도를 드려서 물의 결정을 온통 아름다운 감사의 결정으로 바꾸어놓는 거예요. 그리고 그 물을 마시면 우리의 온몸 구석구석, 모세혈관 끝까지 아름다운 감사의 물이 퍼지게 됩니다. 우리 몸에 감사의 마음, 긍정의 에너지가 퍼지지 않은 곳이 없게 되는 거죠!

물은 하루라도 안 마실 수 없는 데다 하루에 몇 번이고 마시니까, 하루라도 감사를 빼먹을 일도 없고 하루에 몇 번이고 감사하게 되는 거죠. 게다가 전문가들이 과학적으로 심혈을 기울여 드린 감사라서, 그 효과도 보통 사람들이 의무감으로 하는 감사와는 비교할 수 없을 정도고요."

"……한마디로 매일 귀찮게 감사하지 않아도 된다는 거네. '감사수'가 대신 감사해주니까."

물에 고맙다는 말을 하면 뭐가 좋게 된다는 말은 저도 얼핏 들어본 것 같았고, 리처드 파인만이라는 사람은 노벨상까지 받았다고 하는데 내가 뭘 안다고 반박할 수 있었을까요?

홍부의 말에서 어느 정도는 정말로 사실이었습니다. 아무리 무식한 저라도 인터넷에 검색해보니 금방 알아낼 수 있었습니다. 리처드 파인만이라는 과학자는 실존했던 인물이고, 그 대단한 노벨물리학상을 받았고, 그가 그런 말을 했다는 것도 틀림없었습니다. 그런데 그 와중에 불순물처럼 '그래서 인간은 사물의 성질을 원하는 대로 바꿀 수 있다.'는 말이 끼어 있었어요. 제 생각엔 이 부분은 과학이 아니라 그냥 홍부 본인 생각인 것 같거든요. 홍부가 제멋대로 해석해서 본인에게 유리하게끔 끼워 맞춘 말 같았지만, 그렇다고 제 가방끈으로는 도저히 홍부가 틀렸다는 확실한 증거를 댈 수도 없는 그런 얘기였습니다.

그래도 저는 '이 세상 모든 게 입자이자 파동'이라고 해서 그게 곧 '인간이 생각만으로 이 세상을 마음대로 주무를 수 있다.'는 얘기는 아닌 것 같았거든요. 그 둘이 아무 상관없는 얘기 같았어요.

관찰하는 사람이 있느냐 없느냐에 따라서 원자가 입자가 되기도 하고 파동이 되기도 한다면, 고양이가 관찰하면 어떨까요? 저는 왠지 고양이도 가능할 것 같거든요? 고양이도 눈이 있으니까요. 그렇다면 고양이도 생각만으로 돈이든 츄르든 원하는 걸 원하는 만큼 땡겨 올 수 있는 것 아닐까요? 그럼 세상은 참 볼만해졌을 텐데 말이죠.

이렇게 과학이라는 말을 들으면 일단 의심하고 보는 저였지만, 저는 흥부에게 고양이 얘기를 꺼내는 대신에 그만 고개를 끄덕이고 말았습니다.

흥부의 말을 그냥 그렇다고 믿기만 하면 한강이 내려다보이는 놈의 아름다운 아파트와 요일별로 골라 타는 스포츠카 컬렉션이 내 것이 될 수도 있다는데 믿지 않을 이유가 있을까요? 그냥 그렇다고 믿기만 하면 된다는데 말입니다.

합리화하는 것은 어렵지 않았어요. 마침 흥부는 학벌도 좋고 돈도 많고 TV에도 나왔던 과학자이기 때문에, '그래 재가 잘 알지, 내가 잘 알겠어? 사실 나 ×× 무식하잖아.'라는 생각에 이르기까지 별로 오래 걸리지도 않았습니다. 엄지를 쌍으로 치켜든 저를 보며 흥부가 말했습니다.

"사람들에겐 제가 그 감사수를 마시고 있고 그게 부자가 된 비결이라고 했어요. 그건 팩트입니다. 하지만 세상 사람들이 알고 있는 건 거기까지죠. 사실 그 감사수는 저만 마시고 있는 게 아니에요. 저는 감사수를 상위 0.01퍼센트 VVIP 들에게만 아주 고가에 판매하고 있답니다."

감사수는 생산하는 물량도 한정적이고 가격도 매우 비싸기 때문에 흥부조차도 아끼고 아껴서 마시고 있다고 했습니다. 그런데 그 상위 0.01퍼센트 VVIP들은 감사수를 마시는 것은 물론 감사수로 밥을 짓고 국을 끓이는 등 요리를 할 때도 아낌없이 쓴다고 했습니다. 감사수로 매일 세수뿐만 아니라 목욕도 한다고요. 그것이 그들의 부의 비법이라고 했습니다. 덕분에 VVIP들은 상위 0.01퍼센트의 부를 키웠고, 유지할 수 있는 것이라고 했습니다. 흥부 자신의 세금 문제와 VVIP들의 프라이버시 때문에 누구에게도 말하지 않았던 비밀이라고요.

"저는 흥부의 과학으로 가난을 이겨내고 부자가 됐어요. 형님이 믿든 믿지 않든 말이죠. 사실 이 세상에는 과학으로 미처 다 설명할 수 없는 것들이 훨씬 많아요. 특히 이런 기적에 가까운 일은 상식을 뛰어넘는 일이죠."

'그래도 몰상식하면 안 되는 거 아닐까?'라는 생각이 들었지만, 흥부의 손목에서 빛나는 스위스제 시계가 상식적인 인간의 1년 연봉을 뛰어넘는 금액이었기 때문에 저는 흥부에게 열렬히 박수를 보냈습니다.

"그런 비밀을 왜 나한테만 알려주는 건데? 이제 와 형이라고 챙겨주는 거냐? 『흥부전』에서 날 모함한 게 새삼 죄책감이 들어서?"

"형님이 제 친형님이라서 그런 건 아니에요. 죄책감도 아니고요."

흥부가 저를 지그시 바라보았습니다. 이 멀쩡하게 잘생긴 얼굴도 흥부를 촌구석 망나니에서 많은 사람들이 우러러보는 과학자로 변모케 하는 데 한몫했을 것이란 확신이 들었습니다. 이제 촌티는 완전히 벗어던진 낯선 모습이었어요. 그런데 다음에 이어진 흥부의 말이, 그 분위기가 왜 그렇게 소름 끼치도록 친근하게 느껴졌던 걸까요?

"형님은 모르죠? 형님에게서 뿜어져 나오는 파동이 얼마나 특별한지. 그 파동이 형님을 제게로 이끈 거예요. 저는 알고 있어요."

어쨌든 칭찬인 것 같아서 그날은 찜찜한 마음을 접어두고 돌아갔습니다. 그리고 일이 그렇게 되고 나니 생각이 나더군요. 그 소름 끼치는 친근함의 정체가요. 흥부가 제비 연구를 하겠다며 집에서 돈 얼마씩을 뜯어 갈 때마다 보여주던 바로 그 얼굴이었던 것입니다.

Q. 결국 놀부는 흥부의 감사수로 돈을 벌기는커녕 가진 재산을 모두 잃었다.

A. 저도 일이 이렇게 될 줄은 몰랐습니다. 그도 그럴 게 흥부가 감사수를 과학 어쩌고 하면서 길게 설명하긴 했어도, 한마디로 요약하자면 그냥 물을 파는 것뿐이잖습니까. 물에 감사의 기도를 하겠다는 건, 물에 아무것도 하지 않겠

다는 것과 같은 뜻이니까요. 그 물이 딱히 좋아지진 않겠지만 나빠지지도 않는 거죠. 물에 귀나 눈 같은 게 달린 것도 아니고 뇌가 있는 것도 아니잖아요. 물이 아니라 믿음을 파는 것이죠.

무엇보다 흥부가 그렇게 해서 손쉽게 부자가 되고 훌륭한 과학자가 되었으니까요. 저도 똑같이 따라 하면 되는 것 아니겠습니까?

오랜만에 생수 라벨 공장이 신나게 돌아갔습니다. '감사수' 라벨 디자인이 무엇보다 가장 중요하다고 생각했기 때문에 뭔가 과학적이면서도 신비한 느낌으로 뽑아냈죠.

흥부에게 직접 들은 바 있고 생생하게 기억하고 있었지만, 좀 더 확실히 하기 위해 『흥부의 과학』을 구매했습니다. 수십 번을 정독한 후 『흥부의 과학』에 쓰여 있는 그대로, 정확히 똑같은 레시피로 감사수를 만들어냈습니다. 저도 DO THE SCIENCE, DTS 한 것입니다.

흥부가 키우고 있다는 프로페셔널 프레이어라는 사람들은 만날 수 없었지만, 저도 나름대로 기도에 일가견이 있는 사람들을 불러다 물에 감사의 기도를 시켰습니다. 목사님, 신부님, 스님, 백일기도로 승진 시험에 합격한 김 과장, 천일 치성으로 아들을 명문대에 합격시킨 최 모 씨, 전국구 무당 등등……. 인증도 중요하니까요.

흥부의 감사수와 제가 만든 감사수의 다른 점은 가격뿐이었습니다. 저는 99.99퍼센트의 사람들을 위한 보급형 감사수를 제 마트들에 시범적으로 납품했습니다. 처음에는 시큰둥했어요. 그래서 저도 감사수로 효과를 볼 사람들을 모집하기로 했습니다.

저는 감사수로 실험을 몇 가지 하고 그 결과를 감사수 홍보에 사용하기로 했습니다. 아래는 광고에 나간 감사수 실험 중 하나입니다.

○○고등학교 1학년 학생 중 30명에게 감사수의 효능을 검증하는 실험을 진행했다. 실험 기간은 단 7일(모의고사 6일 전부터 시험 끝나는 날까지). 15명에게는 감사수를 제공했고, 나머지 15명에게는 감사수를 제공하지 않았다. 과연 감사수가 학생들의 모의고사 성적에 어떤 영향을 미쳤을까? 그 결과는 놀라웠다!

	감사수 마심	감사수 마시지 않음
성적 최우수 (평균 1등급)	14명	0명
성적 우수 (평균 2등급)	1명	0명
성적 열등 (평균 전교 평균 이하)	0명	15명

○○고등학교 1학년 학생 전체 중에서 감사수를 마신 학생들이 보인 성과는 더욱 놀라웠다!

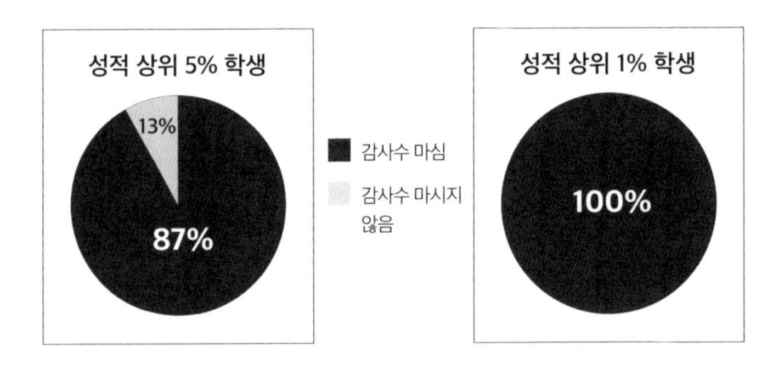

같은 고등학교에 다니는, 같은 학년의 학생들에게, 단 7일 동안 진행한 과학적 실험으로 감사수의 효과가 얼마나 정직하고 빠르게 나타나는지 증명되었다.

감사수를 마신 학생들은 감사하는 데 따로 시간과 노력을 들이지 않았어도 온몸이 아름다운 감사로 가득해졌고, 그 사실은 우수한 성적으로 드러났다. 감사는 또 다른 감사를 끌어당겨 감사의 무한 선순환이 계속될 것이다.

Q. 실험 결과가 놀랍다. 설마 실험 결과가 거짓이었던 것인가?

A. 실험 결과는 모두 사실, 그야말로 팩트입니다. 저 통계 속 숫자 중에 거짓은 단 한 글자도 없다고 맹세할 수 있습니다. 같은 고등학교에 다니는, 같은 학년 학생 30명에게, 단

7일 동안 진행한 실험이 분명합니다. 15명에게만 감사수를 제공하고, 나머지 학생들에게는 감사수를 단 한 방울도 제공하지 않았죠.

다만, 감사수를 제공한 15명은 바로 직전 시험의 전교 1등부터 15등까지의 학생들이었습니다. 제공하지 않은 15명은 전교 꼴찌부터 그 위로 15명이었고요. 그래도 같은 학교, 같은 학년의 학생들인 것은 틀림없는 팩트입니다. 그 밖에도 부족한 부분들이 있다는 건 인정합니다. 모든 걸 다 쓸 수는 없지 않습니까? 광고 지면은 한정되어 있으니까요.

역시 '과학'의 힘은 굉장했습니다. '과학'과 '통계'를 들이밀자 감사수는 불티나게 팔렸습니다. 게다가 DTS 신드롬에 힘입어, 감사수는 열렬히 검색되었습니다. 처음에는 동네 사람들이 알음알음 감사수를 찾으러 오더니, 나중에 가서는 제가 운영하는 마트들로는 다 감당할 수 없을 정도로 사람들이 몰렸습니다. 저도 전국에 감사수를 부쳐댔죠. 그럼에도 '신선한' 감사수를 사러 서울에서 제 마트까지 일부러 찾아오는 사람들도 많았습니다.

뭔지는 모르지만, 양자물리학 세계에 있는 뭐시기와 뉴턴 물리학 세계에 있는 인터넷인지 알고리즘인지가 조화되고 힘을 합쳐서 뭔가가 되어가는 그런 엄청난 기세였습니다.

양자물리학 세계에서의 행복한 파동도 잠시. 뉴턴 물리

학 세계에서는 물량이 달리기 시작했습니다. 물 들어올 때 노 저어야 하는 법인데 말이죠. 아무리 감사수라도 홍부가 상위 0.01퍼센트 VVIP들에게 판다는 것처럼 가격을 엄청나게 부를 수도 없는 노릇이었어요. 그래서 여기저기서 닥치는 대로 묻지도 따지지도 않고 물을 들여오기 시작했습니다. 물의 출처와 수질이 의심스러운 수준이었지만, 저는 의심 대신에 믿음을 택하기로 했습니다.

지금이야말로 홍부의 과학, DO THE SCIENCE가 그 위력을 발휘할 때가 된 것이었죠. 나도 홍부처럼 한다면, 홍부의 말을 그냥 그렇다고 믿기만 하면, 그럴 수만 있다면 나도!

어차피 감사의 기도를 드려서 물의 결정을 아름다운 감사의 결정으로 바꿀 텐데, 수질검사 같은 게 무슨 의미가 있겠습니까? 괜히 시간과 돈만 갖다버리는 짓이겠지요. 무엇보다 수질검사를 한다는 것은 감사수에 대한 믿음이 부족한 것, 추호의 의심이 있다는 것 아니겠습니까? 의심은 부정적인 파동을 내뿜어서 물의 결정에 부정적인 영향을 미칠 수 있으니까요. 절대 금물이었습니다. 의심하는 마음이 올라올 때마다, 목구멍에 감사수를 들이부었죠.

그럼에도 뭔가 이유 모를 불안함이 밀려올 때마다, 그 부정적인 파동을 제거하고 긍정과 감사의 파동을 뿜어내기 위해 인터넷에 원하는 것을 열렬히 검색했습니다. 검색은 날이 갈수록 점점 열렬해지고 검색하는 횟수 역시 점점 늘어만 갔죠.

"서울시 ○○구 ○○동 ○○아파트. 서울시 ○○구 ○○동 ○○아파트……."

제가 원하는 최고급 아파트였습니다. 물론 이렇게 해서 그 집이 제 손에 들어온다는 것은 그곳에 사는 누군가가 집을 잃는다는 것을 의미했지만, 그것은 내 알 바가 아니지요. 그렇지 않습니까? 내가 합격하면 누군가는 떨어지고, 내가 끌어온 돈만큼 누군가의 주머니는 비게 되겠죠. 그럼에도 저는 감사합니다. 이 잔인한 세상을 긍정합니다. 내 감사가 누군가보다 부족하면 거지꼴을 면치 못하게 될 테니까요.

그렇기 때문에 검색이 끝나면 감사수를 들이켜는 것도 잊지 않았습니다. 오줌만 많이 나올 뿐이라는 과학적 사실은 중요하지 않은 것입니다.

Q. 감사가 무색하게도 감사수의 대부분이 저질수로 밝혀졌다. 감사수의 피해자가 속출했는데.

A. 대박이라고 믿었던 박을 켜자 금은보화가 아닌 피해자들이 쏟아져 나왔습니다.

처음에는 감사수를 마시고 몸에 탈이 난 사람들이 쏟아졌습니다. 감사수를 마시고 배탈이 났다는 사람, 두드러기가 났다는 사람, 하루 종일 토했다는 사람들이 인터넷에 악평을 올리고, 집으로 고소장을 날리고, 직접 찾아와 난동을 부렸습니다.

그러자 이번에는 감사수를 마시고 아파트값이 떨어졌다는 사람, 주식이 열두 토막 났다는 사람, 대학에 떨어졌다는 사람 등 온갖 불운을 감사수에 떠넘기는 사람들까지 쏟아져 나와 제게 그전 피해자들과 같은 일을 반복했습니다. 끝도 없이 이어질 것 같던 피해자들의 항의는 제 전 재산을 바닥내고 나서야 끝이 났습니다. 사과든 돈이든 피해자들이 원하는 대로 원하는 만큼 해주었습니다. 제가 평생 벌어놓은 재산을 하루아침에 잃었죠.

저는 홍부에게 항의했습니다. 필사적으로 따졌습니다. 그러나 홍부가 내놓은 답은 결코 틀리는 법이 없더군요.

홍부의 감사수는 절대로 틀릴 수가 없습니다. "물에 감사했더니 결정이 오히려 흉측한 모양이 되었잖아."라고 따지면, "무의식 차원에서는 진심으로 감사하지 않았겠죠.", "형님의 감사에 뭔가 불순한 마음이 섞였다는 증거입니다.", "좀 더 열렬히 감사하셨어야죠."와 같이 방어할 수 있는 레퍼토리가 얼마든지 있습니다.

"나는 진짜로 엄청나게 열렬하게 감사했는데?"라고 다시

덤빈다면, "그 정도의 열렬함은 평온한 성질을 지닌 감사와는 상극 중의 상극인 집착이라고 볼 수 있습니다. 집착은 진심으로 감사하고 있지 않다는 가장 확실한 증거입니다."라고 하면 끝이죠. 아니면 "제가 보기에 그 결정은 흉측하지 않고 아름다운데요."라고 가볍게 빠져나가거나요.

과학의 잣대를 들이대도 소용없습니다. "물이 감사의 성질로 바뀐다던데, 감사의 성질이 도대체 뭐지? 이 물은 감사해도 아무런 물리적·화학적 변화가 없는데."라고 해봤자, "바로 그것이 감사입니다. 그게 무엇이든 지금 이 순간 있는 그대로의 스스로를 긍정하는 바로 그 상태 말입니다."라고 해버리면 그만입니다.

실패에 책임지지 않는다는 게 이런 겁니다. 실패하면 무조건 믿은 사람의 잘못이죠. 물론 성공했다면 흥부 덕분이 되었겠죠. 그제야 흥부가 눈부신 성공, 긍정과 감사 같은 '좋은' 메시지로 가려놓은 '진실'이 눈에 들어오더군요. 흥부의 과학은 유사 과학, 즉 사이비 과학이라는 것 말입니다.

Q. 놀부의 감사수는 쫄딱 망한 반면, 그 뒤에 출시한 흥부의 '고마워터'는 또다시 대박을 터뜨렸다. 유명 생수 회사와 흥부가 컬래버레이션하여 만든 감사수 '고마워터'는 전국의 편의점에서 대박 행진을 이어가고 있다.

A. 저도 들었습니다. 출시하자마자 생수 부문 매출 1위를 했다고요. 놀부의 감사수 사건이 한동안 뉴스에 떠들썩하게 나왔지 않았습니까. 그게 외려 홍보가 되었을까요? 그래서 사람들에게 안전한 물이 절실해진 타이밍에 흥부가 등장해 유사품은 역시 그런 꼴을 당한다고, 오리지널은 흥부의 감사수뿐이라고 광고해서 그랬을까요? 어떤 이유든 될 수 있겠죠.

Q. 흥부는 누구인가.

A. 제대로 된 사람이라면 종종 자기 자신을 실패자라고 생각할 겁니다. 정말로 실패할 때도 있겠죠. 수많은 실패 끝에 사람들은 알게 되지 않습니까? 인생의 정답은 알 수 없다. 어제보다 나은 답이면 충분하다는 것을요.

제대로 된 사람이라면 아무도 완벽한 답을 줄 수 없는 어떤 것. 그런 것이 바로 흥부의 먹잇감입니다. 흥부는 그 답을 알고 있습니다. 결코 틀리지도 실패하지도 않는 그런 답. 그런 답은 오직 흥부만이 알고 있다고 할 것입니다.

작가의 말

김성희

'흥부전'에서 흥부와 놀부는 '부러진 제비 다리를 고쳐주는' 똑같은 행동을 했음에도 다른 결과를 얻었습니다. 가난했던 흥부는 하루아침에 부자가 되고, 부자였던 놀부는 하루아침에 가난해졌죠. 그 인생 역전의 결정적 이유는 제비에게 '좋음'과 '나쁨'을 판단할 수 있는 능력이 있었기 때문입니다.

「흥부는 답을 알고 있다」에서도 흥부와 놀부가 '물에 감사의 말을 들려주는' 똑같은 행동을 했음에도 다른 결과를 얻었습니다. 본래 이야기와 비슷한 결과였죠. 하지만 그 이유는 물에는 '좋음'과 '나쁨'을 판단할 수 있는 능력이 없기 때문입니다. 과학적으로 보면 그렇습니다. 개인적인 의견입니다만, 문학적으로 의인법을 적용해 물이 좋고 나쁨을 판단할 수 있다고 봐도, 물이 인간의 감사나 사랑 따위를 기꺼이 받아주어야 할 이유가 없다고 생각합니다. 인간이 물에 어떤 짓을 해왔는지 생각해보세요. '흥부전'에서 제비가 놀부의 속셈이 뻔한 호의에 어떻게 반응했는지도요. 이쯤 되면 그냥 물을 과학적으로 보는 게 이롭지 않을까요. 비록 고맙다는 말 한마디로 인생을 날로 먹을 수 있겠다는 희망은 사라졌지만요. 희망이 사라진 '부정적인' 날에도 안심하고 물을 마실 수 있다니 참 고마운 일입니다. 앞으로도 무사히 물을 마시려면, 물에다 뭘 바라는 건 그만두고, 우리가 무엇을 해야 할지 고민해야 하지 않을까요?

당신의 간을 배달하기 위하여

2022년 3월 2일 1판 1쇄
2024년 5월 30일 1판 2쇄

지은이 박애진 임태운 김이환 정명섭 김성희

편집 김태희 장슬기 이은 김아름 이효진 디자인 김민해 김효진
제작 박흥기 마케팅 김수진 강효원 홍보 조민희

인쇄 천일문화사 제책 J&D바인텍

펴낸이 강맑실
펴낸곳 (주)사계절출판사 등록 제406-2003-034호
주소 (우)10881 경기도 파주시 회동길 252
전화 031)955-8588, 8558 전송 마케팅부 031)955-8595 편집부 031)955-8596
홈페이지 www.sakyejul.net 전자우편 literature@sakyejul.com
블로그 blog.naver.com/skjmail 페이스북 facebook.com/sakyejul
트위터 twitter.com/sakyejul 인스타그램 instagram.com/sakyejul

ISBN 979-11-6094-907-0 03810